God bless me?
私、能力は平均値でって言ったよね!
マイル
レーナ

メーヴィス
アルセラ
ポーリン

モニカ
オリアーナ

19
私、能力は平均値でって言ったよね！
God bless me?

ハンターパーティ『ワンダースリー』

強気な少女ハンター。
攻撃魔法が得意。

貴族の娘。アデルの友人で、
「ワンダースリー」のリーダー。

商人の娘。「ワンダースリー」の
一人で、マルセラとは幼なじみ。

頭が良く「ワンダースリー」の
参謀格。マルセラに恩がある。

【日本】

高校生。小さな少女を救い、
異世界へと転生した。

ハンターパーティ『赤き誓い』

異世界で“平均的”な
能力を与えられた少女。

剣士。ハンターパーティ
「赤き誓い」のリーダー。

ハンター。治癒魔法使い。
優しい少女だが……

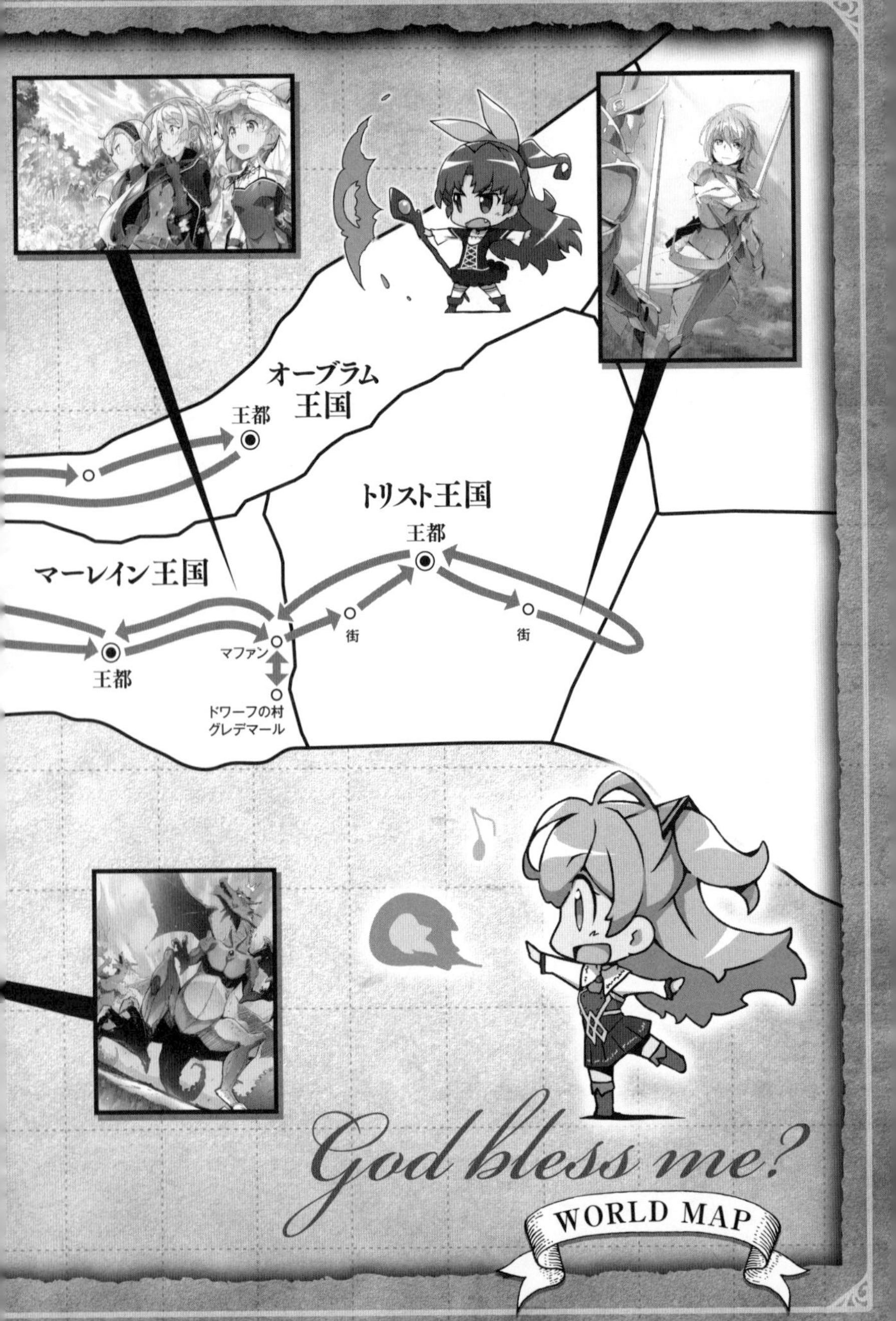

オーブラム
王国
王都
トリスト王国
王都
マーレイン王国
マファン
街
街
王都
ドワーフの村
グレデマール
God bless me?
WORLD MAP

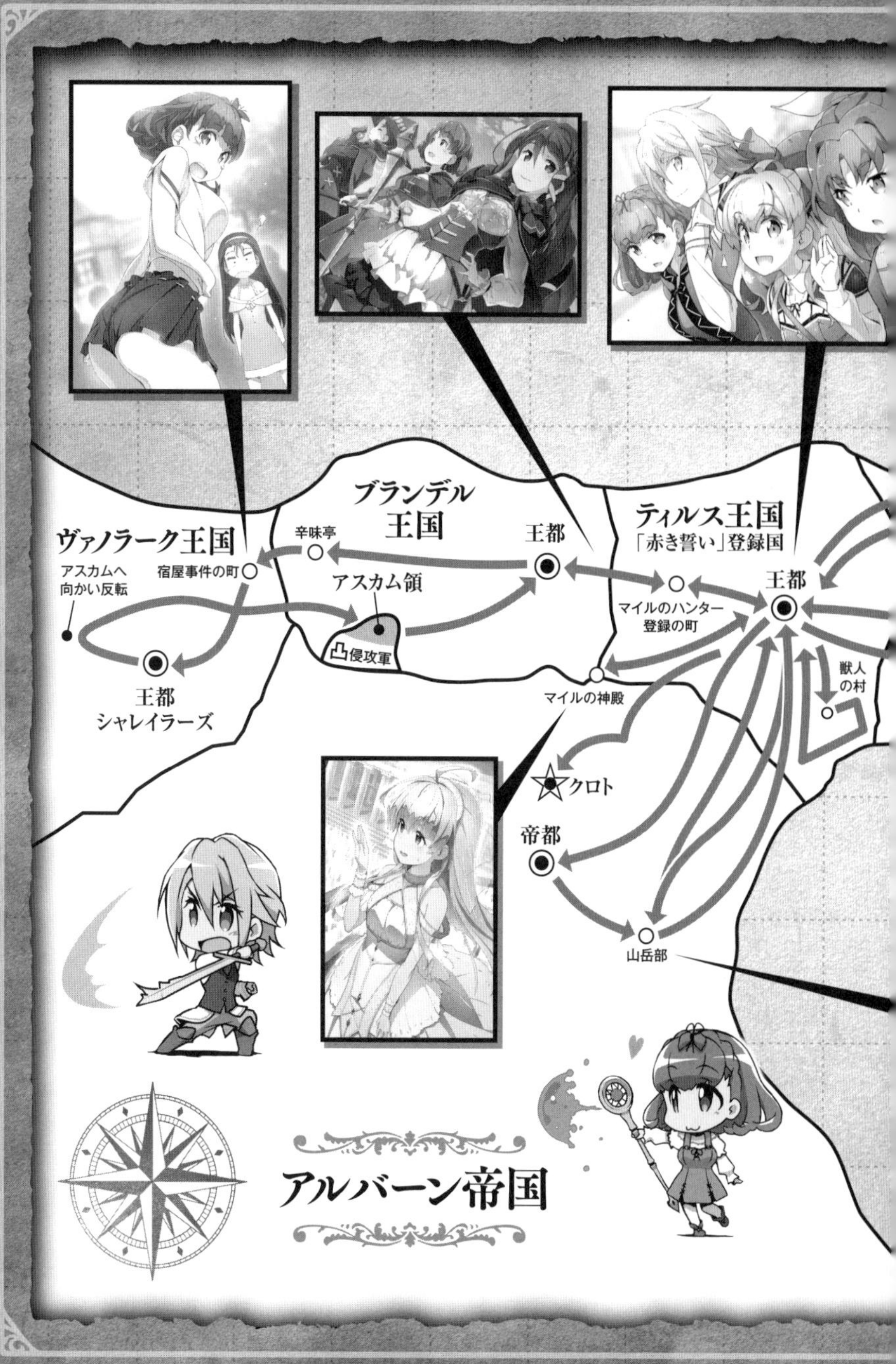

ブランデル
王国
ヴァノラーク王国
辛味亭
王都
ティルス王国
「赤き誓い」登録国
アスカムへ
向かい反転
宿屋事件の町
アスカム領
王都
マイルのハンター
登録の町
侵攻軍
王都
シャレイラーズ
マイルの神殿
獣人
の村
クロト
帝都
山岳部
アルバーン帝国

前巻までのあらすじ

アスカム子爵家長女、アデル・フォン・アスカムは、十歳になったある日、強烈な頭痛と共に全てを思い出した。

自分が以前、栗原《くりはら》海里《みさと》という名の十八歳の日本人であったこと、幼い少女を助けようとして命を落としたこと、そして、神様に出会ったことを……

出来が良過ぎたために周りの期待が大きすぎ、思うように生きることができなかった海里は、望みを尋ねる神様にお願いした。

『次の人生、能力は平均値でお願いします！』

なのに、何だか話が違うよ？

ナノマシンと話ができるし、人と古竜の平均で魔力が魔法使いの6800倍!?

初めて通った学園で、幼い少年と王女様を救ったり。

マイルと名乗って入学したハンター養成学校。同級生と結成した少女4人のハンターパーティ『赤き誓い』として大活躍！

彼女たちは人々を救い、子供達を救っていく。

ついには、数多くのハンターや人々、エルフ、ドワーフ、獣人、魔族、古竜たちとともに異次元からの強大な侵略者を倒し、この世界を守り切った！

そして、マイルたち『赤き誓い』は、崇拝される窮屈な日々から脱出して新大陸へ！

新人ハンターから3ランク特進、モフモフな白い狼と戯れ、古竜と一緒に陰謀を撃破！

『ワンダースリー』も王女様も新大陸へとやって来て、王女様同士が友だちに!?

そうとは知らないマイルたちは、漁村で老漁師たちと海棲魔物を倒していた♪

God bless me?

CONTENTS

第百三十二章　事後処理

どん！

どどん！

どどどどどん‼


「「「「「…………」」」」」


積み上げられた大量の魚の山に静まり返る、商業ギルドの精肉・魚介用倉庫。

商業ギルドも、解体されていない獣や魔物、大きな魚等を買い取って販売するので、そういう倉庫を持っている。

勿論《もちろん》、断熱効果の高い構造になっており、魔法による冷凍・冷蔵機能を備えている。

なので、ギルドマスターや幹部、主立《おもだ》った職員達を説き伏せて、倉庫に来てもらったわけである。

今、受付窓口は若手職員達で回している。

元漁師の老人達だけでは信じてもらえなかったかもしれないが、商業ギルドの首脳陣が『馬鹿容量の収納魔法使いがいる、新米の女性ハンターパーティ』のことを知らないはずがなかった。

　勿論、守秘義務やらハンターギルドとの約束やらで職員以外の者には秘密にしてあるが、そろそろ秘密が漏れる頃であるし、今回の買い取り品を売り捌《さば》くにあたって、その出元の説明が必要であることからも、もう、秘密の厳守はここが限界であろう。

　そういうわけで、『赤き誓い』が同伴している以上、それなりのものがある、と判断されたのであろう。

　そしてこれは商業ギルドと商品を売りに来た一般人との商談であるため、倉庫へついて来ようとした、その時ギルドにいた商人達は追い払っている。

　量も量であるが、その全てが超高級魚ばかりであり、この魚の山は、そのまま金貨の山に等しかった。

「マジですか……」

　そしてようやく、静寂を破りギルドマスターが口を開いた。

「こっ、これは……。ハンターギルドの連中が、独占しようとするはず……」

　続いて、副ギルドマスターが。

　そして、唖然とした顔の、他の職員や解体場の作業員達。

「……これ、全部買ってもらえるかのぅ……」

「「「「「**喜んで!!**」」」」」

商業ギルド側の、全員の声が揃った。

「しかし……」

だが、ギルドマスターが、少し困ったような顔をした。

「これだけの量だと、傷む前に全部売り捌くのは難しいかもしれません……。

近隣の町村へ運ぶのも、輸送力にも消費量にも限界というものがありますし……。

遠方の大きな町へ運ぼうにも、生のままでは傷んでしまうし、こんなに大量じゃあ塩漬けにしようにも、塩が全然足りませんし……。

干物にしようにも、量が多すぎますし、大物ばかりですから、こんなの丸ごと干せるわけがありませんよ。薄く切って干そうにも、作業量的にも干す場所的にも、無理がありますし……。

腐らせてしまう前に売れるのは、3分の1くらいでしょうか？　……いや、何とか半分は捌きたいですね……。

時間と輸送力の問題なので、安くすれば売れるというものではないですからねえ。うぅむ……」

せっかくの高額商品なのに、自分達の力不足のせいで半分以上を駄目にする。

それが商人として我慢できないらしく、頭を抱えて唸るギルドマスター。

他のギルド職員達も皆、悔しさに顔を歪めている。

ならば半分だけ買い取って、という方法があるが、そうすると、高値で売れる分は自分達が買い取り、残り半分の『売り捌くことができず、腐らせてしまう分』を全て漁師達に押し付けてしまうことになる。

商売人としては、そうするべきであろう。

しかし商業ギルドの者達は、そのとても簡単な解決手段を選ぼうとはしなかった。

全部買い取るとなると、捌ききれずに腐らせるロス分も考慮して、その分、買い取り価格を下げる必要がある。

しかし、この年老いた漁師達に獲物の半分を突き返すよりは、その方が遥かにマシであろう。

だが、そこにマイルが助け船を出した。

「納入は、小分けにしてもいいですよ。私の収納、中のものが傷みませんから……」

「「「「**えええええええっっ!!**」」」」

何でもないことのように言われたマイルの言葉は、倉庫内に激震をもたらした。

「あ……」

「馬鹿っ!!」

ついうっかりと、隠すことにしていたマイルの収納魔法《アイテムボックス》の特異性を喋ってしまい、レーナに怒られるマイル。

「あ、いえ、その、魔法で造った氷を収納の中に詰め込んで……」

「何だ、そういうことですか……。それなら、この倉庫も一部は保冷庫になっていますので、魔法で氷を造って庫内を低温に保ち、傷みを少し遅らせることくらいはできますよ。

さすがに、あなたもこれだけの量を収納して、更にそれらを全て冷やせるだけの大量の氷まで入れることは不可能でしょう。

……まあ、お気持ちだけ戴いておきましょう」

「あ、ハイ……」

何とか、誤魔化せたようである。

まぁ、馬鹿容量の上、時間停止機能付きなど、到底信じられるものではない。

そんなことを信じるくらいなら、馬鹿容量の収納に氷魔法で造った大量の氷を突っ込むとか、凍結魔法をぶち込むとかいう説明の方が、ずっと信じやすい。

そして人間というものは、自分が信じたいと思うことを信じるという生物なのであった……。

商談は、無事、成立した。

こんな商品を、一度にこんなに大量に持ち込んだ取引は互いに初めてであったため、それが適正な価格だったのかどうかは、どちらにもはっきりとは分からなかった。

そして、どれだけ売ることができ、どれだけを腐らせ廃棄処分にする羽目になるか、分からない。

なので、どちらも価格を吹っ掛けることも値切ることもできず、誠意ある交渉となったわけである。

また、片方は商業ギルド、片方は港町に近い漁村の老人達である。もし不誠実な取引をして、後でそれが露見した場合、ギルド側が失うものが、あまりにも大きかった。

長年に亘《わた》り真面目《まじめ》に働いてきた老人達を騙すという行為は、この世界では、……いや、地球を含めたどこの世界でも、極悪行為として蔑《さげす》まれる。もしそんなことをすれば、商業ギルドの信用は、一気に地に落ちる。

しかも、今、噂の『馬鹿容量収納少女隊』が絡《から》んだ案件で、である。

まず、騙される心配はなかった。

……しかし、いくら稀少品……ついさっきまでは……であっても、一度にこんなに持ち込まれては、価格が大暴落である。保存もあまり利かないので、馬車屋の荷馬車を全て押さえ、この町の輸送力の全力を注《そそ》いで近隣の町村に運んでも、傷む前にどれだけ売り捌けるか、分からない。

そのため、売り残しロスを考えると、安く査定せざるを得ないというのは、老人達にも理解できた。何十年にも亘り魚介類を扱ってきたのだから、それくらいは馬鹿でも分かる。

それに、老人達はこれで大儲けしようなどとは考えていなかった。

外洋へと出た、自分達の勇姿。

見事宿敵を討ち果たした、喜び。

それを町の者達にも見てもらい、共に宿敵を噛み砕き、腹に収めてもらいたい。

ただ、それだけであった。

……いや、勿論、だからといってお金が欲しくないというわけではないが。

　まぁ、程々でいいか、という感じである。

　なお、今回の獲物のうち、マイル達『赤き誓い』の取り分は商業ギルドに売ることなく、マイルの収納《アイテムボックス》に入れたままである。

　ずっと傷むことがないというのに、今それを出して商業ギルドを困らせなければならない理由はない。

　……というか、商業ギルド側のあの苦悩振りを見て、更に同量をドンと出すような悪魔の所業《しょぎょう》ができるだけの度胸は、さすがになかった。


　そして、商業ギルドを出た、『赤き誓い』と老人達。

　老人達は、ずっと笑顔のままであった。

　あとは、別れを告げて、『赤き誓い』は取ってある宿屋へ、老人達は漁村へと帰るだけであったが……。

「嬢ちゃん達、ちょっと聞いてもらいたいことがあるんじゃが……」

　それまで満面の笑みを浮かべていた老人達が、少し真面目そうな顔で話し掛けてきた。

　……何やら『赤き誓い』に頼み事があるらしい。

「実はじゃな……。村で、外海殴り込み船、……いや、『外海殴り込み船団』を結成したいんじゃが……」

「私達が……、いえ、マイルがいないと、船底を破られるわよ。それに、あんた達じゃ、海棲魔物《シーサーペント》を倒すのに手間取って、全滅させられるのがオチよ。

今回、私達抜き、あんた達だけで無事生還できたとでも思ってるの？」

レーナの態度は、冷たい。

それに、今までは年配者には割と丁寧な喋り方をしていたのに、急にぞんざいな話し方になっている。

……これは、調子に乗っているらしき老人達が無茶をしないようにと、敢《あ》えてそういう態度を取っているのであろう。

「まず、水中探索魔法と障壁《バリア》魔法が使える魔術師と、舷側《げんそく》を越えてくる海棲魔物《シーサーペント》を一撃で倒せる者を3～4人。漁船1隻につきそれだけの戦力を用意することが必要ですね。

もしくは、船底を護るために、鉄甲船か甲鉄艦を用意するか……。

それもただ木造船に薄い鉄板を貼り付けただけではなく、完全な鉄製の船体でないと……」

そしてマイルがそんなことを言うが……。

「鉄でできた船が、水に浮かぶわけがないでしょうが！」

レーナに、蹴された。

しかし……。

「輸送船に積める荷と同じだけの重さの鉄で、船底を覆うことはできますよね、船が沈むことなく。

「……じゃあ、木製の船体と積荷を合わせたのと同じ重さの鉄で船体を造れば、浮きますよね？

それに、金属製の金だらい、水に浮きますよね？」

「あ……」

「なる程……」

目からウロコ、というような顔で、驚きの表情を浮かべるレーナ達。

「あと、舷側を高くするとか……」

更に説明を続けようとするマイルであるが……。

「船団の結成を前提として話を進めるんじゃないわよ！」

レーナに叱られた。

「私達抜き、つまりマイルの障壁魔法《バリア》と探索魔法なしで、大丈夫だと思うかい？」

メーヴィスが、レーナの言葉をスルーしてマイルにそう問うが……。

「充分な厚さのある、鉄製の船体なら……。

舷側を乗り越えてくる海棲魔物《シーサーペント》を倒すだけなら、Cランク上位の前衛や攻撃魔法が得意な魔術師ならば、何とか行けるでしょう。

あまり外海に突出せず、少しだけ入り込んで延縄漁《はえなわりょう》、そして海棲魔物《シーサーペント》とひと合戦やって、無理をせずにすぐ帰投。それなら、多少の怪我人は出るかもしれませんけど、村に治癒魔術師を待機させておけば……。

勿論、死者や沈没船を出す危険はありますが……」

「その程度の危険《もの》、漁師はいつでも抱えておるわい！　そして、外海殴り込み船団の船に乗れるのは、死んでも惜しくない年寄り限定じゃ！　この話が広まれば、大陸中の老いぼれ漁師がうちの村に集まってくるじゃろうて……」

そう言って、わっはっは、と笑う老人達。

しかし……。

「……で、その鉄製の船は、誰が用意するのよ？」

「「「…………」」」

レーナの指摘に、うっ、と呻《うめ》いて黙り込む、老人達。

「そうなんですよねぇ……。

充分な装甲厚を持った鋼鉄製の船があれば、私の探索魔法と障壁魔法《バリア》がなくても問題ないのですけどねぇ。

舷側が高くて、ある程度の広さと安定性がある甲板上なら、あの程度の海棲魔物《シーサーペント》であれば問題なく倒せるハンターはそれなりにいますからね。

……でも、私が想定しているような鋼鉄船は、街の桟橋《さんばし》でも見たことがありませんからねぇ……」

「というか、聞いたこともないよ、鉄でできた船なんて！」

メーヴィスの言葉に、こくこくと頷くレーナと、老人達。

「さすがの私も、鉄の船……は……」

そう言いながら、マイルは気付いてしまった。

ナノマシンに製造を命じたら？

別に、動力船を造るわけではない。

鉄の船体を造るだけであれば、禁則事項には引っ掛からないのではないか。

それに、ゆっくり歩く者《スロー・ウォーカー》経由でスカベンジャー達に頼めば、それくらい造ってくれるのではないだろうか。充分な量の鉄か鉄鉱石を渡せば……。

容量無限のアイテムボックス持ちであるマイルであれば、鉄鉱石を鉱床から大量に運ぶことなど、簡単である。

いや、マイルの権限レベル7の魔法であれば、鉄鉱石から直接鉄を製錬することも可能であるかもしれない。

そして、わざわざ旧大陸に戻らなくても、この大陸にあるスカベンジャー達の住処《すみか》を見つければ……。

おそらく、既にゆっくり歩く者《スロー・ウォーカー》は通信システムを復旧させて、世界中の生きている遺跡と連絡を取ったり、修理部隊《スカベンジャー》を派遣したりしているであろう。

この大陸のスカベンジャー達と渡りを付けられれば、当然のことながら、彼らも『管理者』であるマイルの配下であろうから、頼みは聞いてもらえるはず……。

「その顔……。鉄の船の入手方法に、心当たりがあるんじゃな！」

「金なら、払う！　村の年寄り達は皆、孫が自分の船を手に入れる時の足しになればと、結構貯め込んでおるのじゃ。この歳《とし》になると、他に金の使い途《つかいみち》もないからのぅ……。

それらを、全部集める。それで足りなければ、近隣の漁村にも声を掛けて、足りるまで集める！

だから、お願いじゃ、儂らに鉄の船を!!」

12～13歳の男の子のように、目をキラキラとさせた老人達。


（……いや。いやいやいやいやいや!!

そんなことをして鋼鉄船を造ったところで、私達がいなくなった後の、修理は？　沈められた分の補充は？　船の出元を調べるために大陸中から殺到するであろう各国からの調査団は？

ここの人達で製造や維持管理ができないような場違いな工芸品《オーパーツ》をポンと出して、それっきり、なんてやり方は、駄目駄目駄目だ！

それに、何隻も沈み、何人もの死人を出すことになる。

鋼鉄船《そんなモノ》がなければ死ぬこともなく、孫やひ孫達に囲まれて老後を過ごせるはずだった人達が、何人も、何人も……）

「……却下！」

「「「「えええええ～～!!」」」」

「そんなぁ～～」

「そっ、そこを何とか！」

老人達が縋《すが》るが、マイルもここは譲れない。

「私達が同行するか、充分な強度を持った鋼鉄船がない限り、どうしようもないでしょう？　そして、私達はハンターですからずっとこの町にいるわけじゃないですし、頑丈な鋼鉄船の建造技術、造船所、技術者、予算、大量の鉄、その他諸々、どうやって用意するっていうんですか……」

「「「「…………」」」」

黙り込む、老人達。

さすがに、自分達が無茶を言っているという自覚はあったようである。

それは、何十年も漁師をやっているのであるから、当然といえば当然のことであろう。

しかし、『分かっている』ということと、『諦めがつく』ということは、また別の話である。

老人達のあまりのしょんぼり具合に、居たたまれない様子の『赤き誓い』。

……そう、何だかんだ言っても皆、幼女と少年と猫と老人には弱いのであった……。

「……ああ、もう、分かったわよ！　私達がこの町を離れて遠くへ行くまでは、あと何回か付き合ってあげるわよ！

「いいわね、みんな？」

「「「おおっ！」」」

「「「「おおおおお～～っ!!」」」」

『赤き誓い』の唱和に、喜びの声を上げる老人達。

みんなに話を合わせているが、マイルは、自分ひとりであれば『赤き誓い』がかなり離れた場所に拠点を構えることになっても、何とかなると考えていた。

あの、重力制御による『水平方向に落ちる』という荒技を使えば……。

さすがに、レーナ達をその移動方法で、というのは自重するつもりである。

……しかし、1週間くらいの少し長めの休暇の時に自分ひとりで来て、港町でCランク上位かBランクくらいのハンターを4～5人雇えば、一隻だけならば何とかなる。

それに、マイルの治癒魔法は、おそらくこの世界でトップの腕前である。もし雇ったハンターが海棲魔物《シーサーペント》に腕を食い千切られたとしても、何とかなるであろう。

それだけ派手な部位欠損だと、完治には1カ月くらいはかかるであろうが、ショボい治癒魔法しか掛けてもらえなかった場合、ただの骨折や靱帯損傷、内臓損傷とかでもそれくらいの安静期間は必要なので、文句を言う者はいまい。

……というか、涙を流して感謝してくれるはずである。

しかし部位欠損の修復は、『その噂が周囲に広まった場合』の面倒を伴う。

（その場合、部位欠損の目撃者には全員に固く口止めして、怪我をした姿を見せないようにそのパーティにはすぐに1カ月くらい遠征に出てもらう、とか……。

そして、怪我をした人は他のパーティメンバーが稼ぎに出ている間、ずっと宿に籠《こ》もっていてもらうとかすれば……。

あ、その間、変装もしてもらうか。そして、治ったら、何気ない顔をして戻ってくればいい。

私達『赤き誓い』は遠くにいることになっているし、私は光学的に変装ができるし、私との契約は、ギルドを通さずに依頼主と直接契約する、自由依頼にすれば問題ないか。

漁村の人達が私の情報を売ることは、まずあり得ないだろうし……。

もし情報が漏れたら、二度とここには来なければいいだけのことだ。

……う～ん、でも、面倒だなぁ、部位欠損の怪我人を出すと……。

絶対に、重傷者は出さないようにしなきゃ……）


ずっと先のことまで考えて、色々と悩んでいたマイルであるが……。

「……ま、先のことは、その時に考えればいいか。それまでに状況が変わるかもしれないし。

その時までずっと悩んでいるより、悩むのはその数日前からにして、それまでは楽しいことだけ考えていた方がいいですよね！」

「……また、あんたはそう、いい加減なことを……」

「マイルちゃん、何を考えているのかは知りませんけど、何か約束をするのは、それを実現できる目処《めど》が立っている時だけですよ！」

「マイル……」

３人に胡乱《うろん》な眼で見られ、俯《うつむ》くマイル。

「と、とにかく、『第二次攻撃隊発進ノ要アリト認ム』、というのは分かりました。また、その時になりましたら……、って、２～３日後とか、４～５日後とかに来ちゃ駄目ですからね！」

「「「…………」」」

「ああっ！　あんた達、どうして眼を逸らすのよっ！　さては……。

そんなに立て続けに大量納入すると、商業ギルドが困るでしょうが！　買い取ってもらえなくなるわよ！

少なくとも、今回の納入分が全部捌けて、小売り段階まで全て消費され、市場《しじょう》が次の入荷を受け入れられるようになってからよ！

せっかく狩ってきた海棲魔物《シーサーペント》や魚を無駄に腐らせるというのは、漁師としての矜持を傷つけることになるんじゃないの？」

「うっ、それは、確かに……」

マイルの指摘に眼を泳《およ》がせた老人達にレーナからの突っ込みが入り、それを認めざるを得ない老人達。

やはり、レーナが指摘した通り、そのあたりは漁師としては許容できないようであった。

海棲魔物《シーサーペント》はともかく、普通の魚は、漁師達にとっては自分達が生きるために『命を押し戴く相手』である。無為に腐らせるなど、到底許されることではないのであろう。

……そしてレーナ、ハンターギルドにはあまり配慮しないくせに、商業ギルドにはきちんと配慮しているようである。

『赤き稲妻』が壊滅した後、少女がひとりでハンターとしてやっていくために、虚勢を張り攻撃的にならざるを得なかったが、レーナは本当は他者に対する気遣いができる子なのであろう。

……レーナを馬鹿にした者や、自分が敵だと判断した者以外に対しては。


そして老人達は、何度も礼を言いながら村へと帰っていった。

マイルは、大金を持ち帰る老人達にもしものことがあってはと、村まで護衛しようかと思っていたのであるが、その必要はなかった。

老人達が、獲物を売った代金を村へ持ち帰ると思っていたマイル達であるが、老人達曰く、『そんな馬鹿なことはしない』、ということであった。

村の中では、貨幣による売買など殆《ほとん》どないそうで、村の者が貨幣を使うのは、その大半がこの港町でのことらしいのだ。

ならば、往路、復路において小銭狙いのチンピラ達に絡まれるのを防ぐには、どうすればよいか。

……そう、商業ギルドに口座を作って、預けておけばいいのである。

老人達の個人口座と、村の共同名義の口座。それぞれに入金しておいて、町に来た時に必要な分だけおろせばいい。

今回村の共同名義の方へ入れた分は、村人の稼ぎの一部を村の運営費として納める、住民税のようなものである。ここから、領主様に納める税金や、村の運営に必要なお金が支出される。

保存性の良い小麦で物納できる農村とは違い、漁村は生ものである魚で物納できるわけではないので、そのあたり、色々とあるのであった。

「あ〜、これで、一件落着ですね。後は、数カ月に一度、少し外海に出てひと狩り付き合えば……。次からは、今回みたいに大量にではなく、そこそこ獲《と》ればいいでしょう。

村のお年寄り達が一巡すれば、熱狂も少し収まるでしょうし……」

宿屋へと戻りながら、そんなことを言うマイルであるが……。

「そうかなぁ……」

「本当に収まりますかねぇ……」

「マイル、あんたは人間ってものが分かってないわ……。まぁ、今更だけどね……」

マイルの楽観的な言葉に、懐疑的なことを呟《つぶや》くメーヴィス達。

そう。マイルは、前世でも今世でも、他者の考えを推し量るのは苦手であった。

　そして、宿屋に着くと……。

「あ、お帰りなさい！　今日の獲物は何ですかっ！」

「あ～……」

「いましたねぇ、コイツが……」

「すっかり忘れていたよ……」

「今回の仕事の、そもそもの原因……」

「「「アルリ……」」」


「今回は、ギルドで受けた依頼じゃなくて、自分達で勝手に狩っただけよ。

　私達だけじゃ装備が足りないので、同数のサポート要員と乗り物の提供を依頼したから、その人達への依頼料と乗り物のチャーター料、それに獲物の半分を渡したから、私達の稼ぎとしては、少しだけ黒字、ってところね」

　今回は、依頼を受けたのではなく、『赤き誓い』が依頼者側である。それも、ギルドを介していないし、依頼相手はハンターではなく一般の村人である。

　なので、依頼料を払うのは『赤き誓い』の方であった。

　そして実際には、自分達の取り分はまだ売却していないため、前払いしたお金が減っただけであり、現時点においては完全な赤字である。

しかし、老人達が大量の獲物を売った今、この町で売り捌くのは悪手であるため、当分はマイルのアイテムボックスの肥やしである。

老人達が売った分が消費され尽くして市場が回復しても、その頃には老人達が『そろそろ、次の出撃を……』とか言ってくるに決まっているため、マイル達が在庫を売り捌くのは、別の街へ移動してからになると思われる。

……こなした仕事の内容を、他人にぺらぺらと喋る義理はない。なので、普通のハンターは無関係の者にそんなことは教えない。たとえ、自分達が勝手にやったことであり依頼者がいないという場合であっても。

なのに、そういうことには『赤き誓い』で一番うるさいレーナが喋ったということは……。

そう、『獲物の半数は既に市場に出回っている』、そして『既に価格が下落しており、今からでは美味しい商売にはならない』と思わせるためであった。

おまけに、『漁師』と『船』を、『サポート要員』、『乗り物』と言い換えて、今回の獲物が何であるかということをカモフラージュしている。

「えええええ！　それじゃあ、私の儲けは……」

「知らないわよ！

そもそも、どうして私達がアンタに値打ち品を安く売ると思ってるのよ。ハンターギルドに納品した方が高く買ってもらえて、しかも功績ポイントが付くというのに……。

私達がギルドではなくアンタに売るのは、ギルドに売るのより高く……功績ポイントが付かない分も割増しで……、ギルドマスターが決めた販売量制限を破らず、そして即金の場合だけよ。

ギルドを通さないなら、後払いとかは踏み倒される危険があるから駄目ね」

そして、レーナに続き、ポーリンが……。

「メーヴィスやマイルちゃんならともかく、商家の娘である私と、行商人の娘であるレーナは甘くはありませんよ。

私達と同年代で、女ひとりで頑張ろうとしていることに関しては、少し協力してあげたいと思わないでもありませんが、だからといってルール違反や甘やかしは駄目ですからね。そんなの、あなた自身にとって良くありませんから。

それと、私達の存在を前提とした商売も駄目です。

私達はずっとこの街にいるわけじゃありませんから、私達がいることを前提とした商売は、開店資金を稼ぐために最初の一発のみ、とかいうのならばともかく、それを継続することを当てにしたものは駄目ですよ。そんなの、ずっと続けられるものじゃないですからね。

……それも、私達から商品を格安で買い取って、なんていう、私達を馬鹿にしたやり方は無理ですよ。

私達も、馬鹿じゃないんです。売る前に、このあたりの相場価格くらい確認しますからね。

売ってあげないわけじゃありませんが、私達が売るのは、あくまでも相場価格、それもギルドからの功績ポイントが付かない分の上乗せありで、ですから、ギルド経由で買うのとあまり変わらないか、それより少し高くなりますよ」

「ええぇ！　そ、それじゃあ、全然旨味がないじゃないですか！」

「いや、それが普通でしょうが。そんな、しつこく纏《まと》わり付けば相手が根負けして赤字価格で商品を売ってくれる、なんて成功体験をさせて堪《たま》るもんですか！　そんなことをすれば、アンタも他の連中も、ずっと私達に纏わり付くでしょうが!!」

「うっ……」

さすがに、レーナの言葉に反論できないらしいアルリ。

「まあ、一応は顔見知り程度にはなったから、私達に損が出ずそこそこ儲かり、馬鹿だと思われず、他の連中が殺到してきて迷惑が掛かったりせずにアンタが儲けられるという案があれば、取引してあげてもいいんだけどね。

何も考えずに、ただ仕入れで買い叩いて儲けようなんて商人は無能よ。そんなの、仕入れ元の利益を奪っているだけで、仕入れ元が他の納入先を見つけたらすぐに取引を切られちゃうわよ。

自分も仕入れ元も利益が出せて、ずっと続けられる商売でないと……。

商人なら、頭を使いなさいよ。自分で考えるのよ。

アンタの首の上に乗っかってるのは、何？　飾りか置物なの？」

「…………」

だっ！


アルリは俯《うつむ》き、そして無言で走り去った。

「あ、逃げました……」

「さすがに、商人の卵として、今のは応《こた》えたみたいだね……」

「あのアルリが最後の一匹だとは思えない……」

「あんなのが何匹もいて堪るもんですか！」

そして、マイルのネタ振りに律儀に突っ込んでくれる、レーナ。

マイル、良き仲間を持ったものである……。

「また、来ますかねぇ……」

「来たら、どんな案を考えたのか、聞いてやるわよ。

来なかったなら、……それまでのヤツだった、ってだけのことよ」

「「「…………」」」

レーナの言葉に、納得したような顔のマイル達。

いくら図々しくとも、ひとりで頑張ろうとしている少女を苛めたいと思っているわけではない。

皆、若い女性がひとりで成り上がることの厳しさ、難しさは充分承知している。

変な奴らが集《たか》ってくるのを防ぐため、ハンター養成学校に入学するまで、メーヴィスは男性っぽく振る舞い、ポーリンは無害そうな振りをして腹黒く立ち回り、そしてレーナは虚勢を張ってイキりまくっていた。

……今と、大して変わらない……。

とにかく、もしかすると自分は標準規格からほんの少しばかり外れているのかもしれないな、と思っているレーナ達は、相手が悪党でない限り、『少しおかしな少女』には寛大なのであった。

そして、一度はマイルの提案を了承してサービスしてやると決めた相手である。

なので、いくらそんな義理はないとはいえ、自分達のポカでそれを台無しにした以上、それなりの補塡措置をしてやるのも吝《やぶさ》かではない、と考えていた。

……但し、それを受けるにふさわしい、商人としての意地と才覚を見せてくれたなら、であるが。

(待ってますよ、アルリさん……)

そして、心の中で、そっとそう呟くマイルであった……。

＊　　＊

あれから、2週間。

商業ギルドに卸したものはともかく、漁村に自家消費用として残した魚は、既に食べられたか長期保存が利くカラカラの干物にされたか、もしくは消費しきれずに腐らせてしまったであろう。

なので、マイルは仲間達と共に漁村へと出掛けることにしたのであった。

……思い切り、自分の腕を振るうために……。


おそらく、最初の1週間は、村人達は商業ギルドに売らずに残した大量の魚を、普通に焼いたり煮たりして消費しつつ、半乾品や全乾品の干物を作っていたであろう。

そして焼いたり煮たりしたものが消費期限の限界に達した後、そう日保ちするわけではないが生のまま置いていたものや焼いたり煮たりしたものよりはマシ、という程度の半乾品……塩分多め、水分少なめにして、できる限り保存性を良くしたもの……を食べ、そして水分を完全に飛ばしてカラカラになったもの……全乾品……は、食べずに保存食として保管されたものと思われる。

つまり、村人達が思い切り魚を食べまくることができたのは最初の数日のみであり、その後は干物を食べ、そして1週間が経過したあとは、普段の食生活に戻ったものと思われる。

……というか、マイルが密かに漁村を訪れ、確認した結果である。

なので、マイルは考えたわけである。

最初は、大漁フィーバーやら干物作りやらで村は大騒ぎであろうし、自分達で好きなようにやりたいだろうから、何も手出ししなかった。

しかし、魚祭りが終わってから1週間が経った今、村人達は魚ロス、つまり好きなだけ超高級魚が食べられた日々を懐かしみ、魚に飢えているのではないか、と……。

漁村の者が魚に飢える、というのは少し変に聞こえるが、1週間に亘り好きなだけ食べられたのは、内海で捕れる小さいヤツではなく、あの、白銀サーモン、マーリン、そして虹色トゥンヌスなのである。

ごく稀に内海に迷い込んできたものを捕れることがあるが、そんなことは数年に一度、あるかないかという、巨大な超高級魚……。

勿論、それが村人の口に入ることはない。

商品価値が高いものは町で売り、自分達は商品価値が低いものを食べるというのが、漁村に住む者達にとっての常識である。

だが、別に高く売れないものは不味《まず》い、というわけではない。

見た目が悪い、味に癖があり好き嫌いが分かれる、毒袋やトゲを注意深く取り除く必要があるため素人には売れない、等の理由により町では売らず、全て村で消費するというだけのことである。

その中には、町で高値で売れるものより美味しいものもある。

……しかし、やはり白銀サーモン、マーリン、そして虹色トゥンヌスは別格であった。

明らかに町の商業ギルドの処理能力を、そして近隣の町村を含めた消費限界を超えた量であったため、村人用として売らずに残された、大量の超高級魚。

村人の中には、子供達は勿論、大人の中にもこれらを食べたことのない者がいた。

食べたことがある者も、味見としてほんの少し口にしただけである。

……それが、食べ放題。

どうせ、食べきれないうちに腐る。

なので、腹がいっぱいになると、桟橋に行って喉の奥に指を突っ込み、海に向かって吐く。

漁村には、魚の肉を無駄にする者はいない。

吐瀉物《としゃぶつ》は、小魚が食べる。

そして、小魚は大きな魚に食べられる。

ならば、吐いた魚は無駄にはならず、海神に怒られることはない。

……そこまでして食べ続けようとする神経を疑うが、地球でも、権力者が何度も吐きながら何日間も超高級料理を食べ続ける、という事例はたくさんあった。

人間にとって、『贅沢な食事』というのは、そういうものなのであろう……。

そして、マイル達が今、漁村へと向かっている理由。

そう、超高級魚がなくなってから1週間が経った今、マイルが村人達に叩き付けようというわけである。

マイル全力の、魚料理の数々を……。

漁村では、あまり料理には手を掛けない。

魚はただで手に入る食材であり、雑魚にはあまり手を掛けるような価値がない。

長時間煮たり焼いたりするには薪と手間と時間が必要であり、香辛料などという高価なものは使えない。なので、味付けは塩、焼くのも煮るのも最短時間で。『じっくり』とか、『長時間煮込んで』とかいう概念は存在しない。

そう。そこに、マイルが殴り込みを掛けようというわけである。

＊　＊

「えええ、皆さんが儂《わし》らに魚料理を？」

マイル達が話を持ち掛けると、村長が予想以上に驚いていた。

まあ、『皆さん』とは言っても、分担はマイルが料理長《シェフ》、ポーリンが副料理長《スー・シェフ》で、メーヴィスは魚の切り分け、レーナは……、配膳担当である。

「いや、さすがに素人さんが漁師村で魚料理を振る舞うというのは、ちょっと無謀じゃろう……。儂らは魚のことを知り尽くしておるし、毎日捌いて食べておるんじゃぞ？

数が取れんとか、知名度が低いとか、見た目が悪いとかで売り物にはならんが実は旨い魚とか、町の連中が捨てる内臓とかで旨い部分とか、何でも知っとるんじゃぞ、儂らは……。

そして包丁捌きも、魚に関してだけは料理人にも引けを取らんぞ。

その漁師の儂らに、旨い魚料理を喰わせてやるたぁ、いくら嬢ちゃん達でも、そりゃあ無謀というか、吹き過ぎじゃわい！」

いくらマイル達には大恩があるとはいえ、さすがにそこは矜持的に退《ひ》けないらしかった。

「ふっふっふ……。言いましたね？　1時間後、浜に村のみんなを集めてください！」

「あ〜、まぁ、そりゃ別に構わんが……」

やる気に、眼が燃えているマイル。

そして村長は、恩義があるマイル達にちょっと付き合うくらいは村人達も別に文句は言わないであろうことと、村ではもう尽きた超高級魚の、『赤き誓い』の取り分を食べさせてくれるなら、多少料理の腕が悪くとも問題はないと考えて、了承したのであった。

こっそりと、あまり美味しくなくても褒めるようにと村人達に伝えねば、と思いながら……。

＊　＊

「2週間の御無沙汰《ごぶさた》でした！　今日は、私達が作る魚料理の数々を満喫してください！」

1時間後、浜には『赤き誓い』と、村人のほぼ全員の姿があった。

楽しみが少ない小さな村であるし、無料《ただ》で料理を食べさせてくれるなら、大歓迎である。

それも、普段とは違う、変わった料理とあらば尚更で、しかも可愛い少女達の手料理である。

男連中は、乳幼児以外は全員が集まっている。女性陣も、乳幼児の世話をしている者以外はほぼ全員である。

「……では、料理始め《アレ・キュイジーヌ》!!」

どどん、と収納《アイテムボックス》から出される、白銀サーモン、マーリン、そして虹色トゥンヌス。

前もって出しておかなかったのは、勿論、インパクトを重視したからである。

料理は、味、香り、食感、見た目等も大事であるが、何より、『わくわく感』というものが重要なのである。

雰囲気、期待感、そしてわくわく感は、食事の楽しさを何倍にも引き上げてくれる。

そして、メーヴィスが愛剣で巨大な魚を見事に切り捌く。

……勿論、ナノマシンによって『世界で4～5番目くらいの切れ味モード』になった状態である。

マイルは、魚を切るために剣を『本気モード』にすることをナノマシン達が嫌がるかと思っていたのであるが、最近は出番が少なかったからか、何だかノリノリで引き受けてくれたのである。

マイルも同様のことはできるが、やはりメーヴィスの方が絵になるし、活躍の場を奪うわけにはいかないので、こういう役はメーヴィスに任せることにしている。

そして、ある程度小さく切って柵《さく》になった時点で、マイルが引き継ぐ。

パフォーマンスのため魚自体は今料理を始めたが、この1時間の間に、油を煮立てた鍋とか、色々な準備が完了している。

それに、収納《アイテムボックス》の中には、途中まで処理を済ませたものや、既に完成した料理とかも用意されている。

さすがに、マイルも村人全員分の料理を今から作り始める程のチャレンジャーではなかったようである。

「はい、カラアゲ、上がり！」

「天ぷら、上がり！」

「ステーキ、上がり！」

ねぎみそ焼き、香草フリット、ハーブパン粉焼き、ホイル包み焼き、ムニエル、照り焼き、ちゃんちゃん焼き、クリーム煮、ガーリック炒め、チーズカツ、生姜焼き、竜田揚げ、ソテー、煮付け、磯辺揚げ、トマト煮、その他諸々……。

鍋から、フライパンから、グリルから、そして収納《アイテムボックス》の中から、次々と提供される様々な魚料理。

とどまることなく提供され続ける魚料理と、それらを滞留させることなく片っ端から胃袋に収める、村人達。

「「「うめぇ！」」」

思わず言葉が揃った、村人達。

「何じゃ、こりゃあ！」

「おい、母《かあ》ちゃん！　この味と作り方、覚えてくれ！」

「任せな！」

村人が普段使いするには価格的に厳しい香辛料や、マイルにしか造れない味噌や醤油を使う料理は完全に再現するのは難しいかもしれないが、そういう特別な調味料は使わない料理も、たくさんある。

それに、手に入らない調味料を使う料理であっても、そういう味、そういう調理法があるということを知れば、代用品で似たようなものが作れるかもしれない。

コーヒーがなければタンポポの根を使えばいいし、お茶の木がなければトウモロコシのひげを使えばいい。醤油がなければ、魚醤を使えばいい。

料理は、創意工夫。

同じ料理であっても、100人の料理人がいれば、100通りのレシピが作られる。

内海で取れる小さな魚でも、色々なバリエーションの料理が作れるだろう。

そして、いつの日かまた、外海で大物を釣り上げることができる日も……。

親達と一緒に、子供達も大はしゃぎしながら食べまくっている。

この様子だと、食事をただの栄養摂取、飢えないため、死なないために必要な作業と看做《みな》すのではなく、多少の手間や燃料費、調味料代がかかっても、美味しいものを作る、食事を楽しむといった考えが根付きそうであった。

そしてそれらを、優しそうな眼で見守る、マイル達。


「……ん？」

マイル達はその中に、何か見覚えのあるものを見つけた。

楽しそうに魚料理を食べている大人や子供達の中にいる、あ、あ、あるものを……。

村人達に交じって、一心不乱に魚料理を食べ続けている、その人物は……。


「「「「アルリ!!」」」」

……そう、マイル達『赤き誓い』を利用して儲けようと企み、みんなにその行為を酷評されて這《ほ》う這《ほ》うの体《てい》で逃げ去った、あの駆け出し商人の少女である。

「アイツ、タダ飯目当てで村人の間に紛れ込んで……」

「また、良からぬことを企んでいるのでしょう！　叩き出してやりましょう!!」

そう言ってアルリのところへ向かおうとするレーナとポーリンを、メーヴィスが制止した。

「いや、ただ美味しそうに料理を食べているだけなんだから、そっとしておいてあげようよ」

「はい。それに、わざわざ漁村に来ていたのですから、何か商売のタネを探すか、見つけるかしていたのでは……。

商人として、自分の力で頑張ろうとしているのでしょうから、少しくらいはいい目を見させてあげてもいいんじゃないですか？

ここは、そっとしておいてあげましょうよ」

「……まぁ、それもそうね……」

「まぁ、みんながそう言うなら……」

メーヴィスとマイルの言葉に、納得してくれたレーナとポーリン。

やはり皆、何やかや言っても、お人好しなのであった……。

＊　＊

獲物の納入後、ハンターギルド支部の飲食コーナーで食事をしながら、何やら話している『ワンダースリー』。

「遅いですね、アデルちゃん達……」

「そうですわねぇ……。

でも、真っ直ぐ王都を目指すのではなく、途中の町でしばらく滞在したり依頼を受けたりして、この辺りの状況を確認しながらゆっくりと進んでおられるのでしたら、少々日数が掛かるのも仕方ありませんわよ。

それに、下手に私達が動きますと、また『東方への旅』の二の舞になる可能性が……」

「「あ〜……」」

マルセラの指摘に、嫌そうな顔をするモニカとオリアーナ。

そう。アデル捜索《マル》の旅に出た『ワンダースリー』は主要街道を進み、田舎村の依頼をこなしながら裏道を進み王都へと向かっていた『赤き誓い』と見事にすれ違い、無駄な日々を費やしたのであった。

それも、清浄魔法や洗浄魔法、アイテムボックス等の便利魔法を教わる前に、である。

あの、臭くて不衛生《きたなくて》で、乙女の尊厳を踏みにじるような、苦難の旅……。

今はもう問題ないが、それでもあの日々を思い出すと、今でもげんなりするのである。

「まあ、この町は王都のすぐ近くですからね。仕事でやってくる王都のハンターに『王都のギルド支部に、常軌を逸した若い女性4人のパーティが現れなかったか』と聞けば、万一別ルートで王都へ行かれたとしても、すぐに把握できますから安心ですわね」

「「はい！」」

それを聞いていた周りのハンター達は皆、こう思っていた。

（（（（『常軌を逸した若い女性3人のパーティ』なら、ここにいるけどな……））））

第百三十三章　その頃、旧大陸では……

「敵の姿はありません！」

「よし、何とか振り切ったようね。じゃあ、このまま帰るわよ」

「「「「おおっ！」」」」

ようやくひと息吐き、安心したような顔の『女神のしもべ』の５人。

別に、魔物に追われていたというわけではない。

……確かに、追われてはいたのであるが。婚約を迫る連中に……。


そう。あの、異世界から侵攻してきた魔物達との戦いにおいて、その非凡な戦闘能力を大陸中の空に映し出された『女神のしもべ』は、貴族や商人達からのお抱えハンターへの勧誘と、ハンター仲間からのパーティやクランへの勧誘、そしてお付き合いや婚約を迫る連中が殺到し、おちおち町を歩けないという状況なのであった。

貴族や商人からの遣いの者は、町にいる時にしかやってこないが、ハンター連中は仕事のために森の中で行動している時にも、偶然を装《よそお》って近付いてきて、付きまとう。

狩りや採取の邪魔であるし、鬱陶《うっとう》しいこと、この上ない。

「ハンターの奴ら、パーティごと合体、というならまだしも、それだと人数が増えすぎるから『女神のしもべ』を解体して複数のパーティに分散、って、馬鹿じゃないの！

私達は、『赤き誓い』の連中のように、ひとりひとりがずば抜けた能力を持っているというわけじゃないのよ。みんな、ごく平凡な能力しかない。

それを、互いの能力を熟知してのチームワークでみんなの力を何倍にも増幅するのが、私達の強みなのよ。

なのに、パーティをバラして振り分ける？

そんなことをすれば、みんな普通のCランク下位の、底辺ハンターに過ぎなくなるわよ！

アイツら、全く分かってない！　分かってないわよ!!」

そう言って愚痴るテリュシアであるが……。

「まあ、それでも、リートリアよりはマシだよね……」

「「「………」」」

フィリーの言葉に、何とも言えない顔をして黙り込むみんな。

そう。あのナノマシンによる中継で、『女神のしもべ』の中で一番目立っていた、リートリア。

巨大な金砕棒《かなさいぼう》を振り回し、攻撃魔法を乱射しながら魔物達を蹴散らす、可憐で可愛い貴族の少女。

……その強さと美貌に、その血を一族に取り入れたいと考えた貴族や王族達からの猛攻《婚約申し込み》が始まり、ハンター活動どころではなくなったため、現在は一時的にパーティから抜けているのである。

リートリアの加入によって劇的なまでに戦闘力が向上した『女神のしもべ』にとって、これはかなり痛かった。

攻撃系魔術師がいる便利さに、完全に慣れてしまったのである。

「……リートリア、復帰できるのかしら……。まさか、このまま婚約・結婚で、引退とか……」

「万一の場合は、攻撃系が得意な魔術師を募集する？」

「駄目よ！」

ウィリーヌとタシアの言葉を否定する、テリュシア。

「もし今、メンバー募集なんかすれば、どこかの息の掛かった者……王宮魔術師とか、貴族や大店のお抱え魔術師とか、上級のハンターパーティのメンバーとかが送り込まれてきて、内部からの切り崩しや引き抜きをやられるわよ」

「「「あ～……」」」

「仕方ない。リートリアが無事縁談を断って戻ってくることを祈って、しばらくは受ける依頼の難度を下げて、堪え忍ぶしかないだろう」

「「「……………」」」

『女神のしもべ』、苦難の日々であった……。

＊　＊

「……伝達事項は、以上です。では、失礼します」

「は、はい、ありがとうございました……」

王宮からの使いの者が帰り、まだぽかんとした顔のままの親子。

……ポーリンの母親と、弟のアランである。

伝えられたのは、ポーリン・フォン・ベケット女伯爵がマイレーリン女伯爵、レッドライトニング女伯爵と共に、国の重要な任務で、長期に亘る国外行動に出掛けたこと。そして万一の場合には弟を後継者とする旨の指示書を残している、ということであった。

「……姉さんが死ぬか、帰ってこなかった場合、僕が伯爵家の後継者に……。

この僕が、伯爵様。貴族様に……。

くふ。

くふふふふ……」

「ああっ、アランが暗黒面に堕ちかけてるぅ！　こら、アラン、正気に戻りなさい‼」

ゴツン！

「……はっ！　今、僕は何を……。

いやいや、僕は父さんが残し、姉さんが奪い返してくれたこの店を守り、大きくしなくちゃ……」

何とか、堕ちずに踏《ふ》み止《とど》まったようである。

＊　　＊

「止まれ！」

「え？」

王都の裏通りをひとりで歩いていたモレーナ王女は、突然怪しい男達に前後を塞がれた。

全部で、６人。いかにも悪人面《あくにんづら》をした男達である。

今のモレーナ王女はお忍びであり、平民の恰好をしている。

手入れされた髪や気品などから、上流階級の者であることは一目瞭然であるが、せいぜい金持ちの商家の娘か、下級貴族が囲っている愛人の娘くらいに思われているであろう。

下層民は、王女殿下の顔を間近で見る機会など、まずありはしないので……。

そのため、これは王女を狙ったわけではなく、ただ単に、護衛も付けずにこんなところをうろついている馬鹿な金持ちの娘、として誘拐しようとしただけなのであろう。

身代金目的か、人身売買なのか、その目的は分からないが。

とにかく、少女ひとりに6人掛かりである。チンピラの小遣い稼ぎではなく、大金が目当てなのは間違いなかった。

「へへへ、こんなところをひとりでうろつく、お嬢ちゃんがいけないんだぞ。運が悪かったと思って……」

「吶喊《とつかん》！」

「「「「「うおおおおお〜〜っっ!!」」」」」

「「「「「……え？」」」」」

呆然と立ち尽くす、誘拐犯達。

それも、無理はない。

誰もいなかった。……ひとりの少女以外は。

なのに、何もなかった場所に突然、剣を振りかぶった兵士達が現れ、少女の命令で自分達に向かって突入してきたのである。


どごげしゃずごんばこん！

誘拐犯達は、賢明にも武器を抜かなかった。

そのおかげで、兵士達は斬り捨てることなく、剣の腹……横側の平《ひら》たい面……で打つ『平打ち』と柄での殴打、そして足蹴りで攻撃し、相手を殺すことはなかった。

これは、それだけの余裕があったからである。

もし誘拐犯達が武器を手にしていれば、迷わず斬り捨てたであろう。

……勿論、それが分かっていたからこそ、誘拐犯達は武器を抜かず、抵抗もしなかったわけであるが……。

そして、6人の誘拐犯達を縛り上げた後……。

「大儀でありました。臨時報奨金は、期待してもよろしいですわよ」

「「「「「はは～っ!!」」」」」

勿論、アイテムボックスの仕業《しわざ》である。

モレーナ王女は、常に1個分隊、9名の護衛を連れている。

……アイテムボックスの中に入れて。

剣を振り上げて構えた状態で、そのままアイテムボックスに収納。

危機に陥《おちい》った時には、それを取り出すわけである。

取り出されるのは、交替の時か、敵に襲われた時のみ。

なので、王宮の近衛隊詰所以外の場所で出された場合、剣を振りかぶったままの体勢で敵に突っ

込むのみ!!

実は、3日交替であるこの役目、近衛兵の間では大好評なのである。

何しろ、体感的には、経過時間ゼロ。

コンマ数秒も掛からずに、3日分の仕事が終わるわけである。

その間、歳も取らなければ、お腹も空かない。何もせずに3日分の俸給を貰えるのと同じである。

そして、ごく稀にではあるが、出番があった場合には『王女殿下を賊の手からお護りした』という名誉と臨時報奨金、そして王女殿下と国王陛下からの労《ねぎら》いのお言葉が戴けるのである。

このような美味しい任務は、そうそうあるものではない。

そのため希望者殺到であり、不公平のないよう、厳密にシフトが組まれているのであった。

……一度、新大陸のエストリーナ第三王女が誤って取り出し、目の前に出現した、自分に向かって剣を振りかぶった9人の兵士に腰を抜かし、その悲鳴に飛んできたあちらの近衛騎士との間で大《おお》事《ごと》になりかけたのは、笑えない話であった……。

第百三十四章　何か来た！

今日は、『赤き誓い』の休日である。

世間一般での休養日……地球における日曜日に相当……ではなく、『赤き誓い』が勝手に決めた、自分達のお休みの日。つまり、暦の休養日とは関係なく、仕事が続いた後とか、大きな仕事が終わった時とかに取る休みである。

たまたま暦の休養日と重なる時もあるが、普通は平日に取るため、行きたいお店が閉まっていたり、観光地が混んでいたりすることはない。

このあたりでは、『休養日は客が多いだろうから、閉店日は別の日にしよう』などと考える者はいない。

休養日は、神がその日は休むようにとお決めになった日である。なので、その日に休まないのは、ハンターとかの不定休の者、門番や警備兵とかのシフト勤務の者、そして宿屋とかの年中無休の者達だけである。

休養日には医師や薬師とかも休むため、その日に大怪我をすると死亡率が高くなる。なので、危険な職業の者は休むのが当然である。

……ハンターや傭兵、兵士とかを除いて……。

そういうわけで。

「マイル、今日はどうするつもりよ？」

「あ、ハイ、市場巡りと商店巡りをしようかと……。

ここ、港町だからあちこちの商品が出回ってると思うんですよね。だから、珍しい食材や調味料、面白い道具とかがないかと思って……」

宿の食堂で朝食を摂《と》りながら、レーナにそう返答するマイル。

「なる程！　……というか、それ目当てにこの町を仮の拠点に選んだのでしたね……」

「まあ、色々とあったからねぇ、魔物のこととか、収納魔法の件とか、漁村の件とか……」

忘れてた、というような顔でそう言う、ポーリンとメーヴィス。

「まあ、そういうわけで、急ぎ足で一通り回ってめぼしいものの相場価格を確認、２周目で大量購入を考えています」

容量無限、時間停止のアイテムボックス持ちにとって、買い時に大量購入することには、何の抵抗も躊躇《ためら》いもない。もし買いすぎたとしても、いつかどこかで売るか、孤児院に寄付してもいいのだから。

そして港町での購入は、そこから運ばれていくであろう内陸部の町で買うよりは安いに決まっている。

……売り手に騙されたりしなければ。

なお、既に大量にストックされている魔物肉と魚だけは、これ以上買い込むつもりはなかった。数カ月もすれば、また大型の魚を大量に入手することになるのが分かっているし、外洋では獲らない種類の魚介類や海藻類も、この町ではなく漁村に行って買った方が、安くて新鮮なものが買える。

それに、その方が漁村の人達の儲けも多くなるであろう。町の商人に売るよりは……。

「面白そうね。私もついて……、いえ、やっぱりやめとくわ」

自分もついていく、と言いかけて、考え直したらしいレーナ。

「どうせ、マイルは私達にはよく分からないものをじっくり見たがるに決まってるわよね。

……私は、図書館にでも行くわ」

この港町、何と、小さいながらも図書館っぽいものがあるのである。

勿論、王都にあるような立派なものではないが、便数は少ないものの、一応は各地から荷を運ぶ船が来るため、普通の町に較べると多くの書籍が集まるらしいのである。

船内での暇潰しに買った本を、読み終えたら売ったり寄贈したりする者が多いのか、それとも、港町なので調べ物とかで書籍の需要が多いのか……。

とにかく、レーナはマイルに1日付き合うよりは図書館モドキに行く方が有意義だと判断したようであった。

「私は、カフェで読書でもしようかな……」

メーヴィスは、小説を好むレーナとは違い、詩集とか、貴族としての教養を深めるための本を読む。

そしてポーリンは……。

「私は、お金を数えています」

「「「……知ってた……」」」

＊　＊

そういうわけで、ひとりでお店巡りをしているマイルであるが……。

「あんまり、突拍子もないものは売っていないなぁ……」

当たり前である。

よく売れるものでないと商売にならないし、よく売れるなら、それは『突拍子もないもの』ではない。

それに、マイル達はここが港町であるため過度な期待を抱《いだ》いているが、このあたりの外海には多くの種類の海棲魔物《シーサーペント》がいるため、現在の造船技術で作られる、数トン程度の小さな木造船で外洋に出る、つまり他の大陸との交易を行うことは不可能であり、陸岸沿いに荷を運ぶ程度である。

……なので、この大陸以外の遠国から珍しい品々が、というわけではない。

勿論、船での輸送は、荷馬車による陸上輸送とは較べ物にならないくらいの量が安価に運べる。

雨で道が泥濘《ぬかる》んだり、車軸が折れたり車輪が破損したりすることもなければ、急峻《きゅうしゅん》な山岳部や岩場も、盗賊が出ることもない。

……まだ、海賊が生計を立てられる程の船舶量ではないし、陸岸沿いに航行する船を襲うのは、リスクが大きすぎた。

なので、確かにこの国ではあまり大量には出回っていないものも確かにありはするが、それは陸路でも運ばれているものであったり、そんなに珍しいものではなかったりするのであった。

そして、何より致命的なのは……。

「いかん。この大陸では、まだこの港町と漁村のことしか知らないから、この町では安いけれど内陸部だと高価なもの、というのが何か、分からないです……」

海産物は、確かにここの方が安いであろう。

しかし逆に農産物は、潮風に晒《さら》されたり波飛沫による塩害を受けたりして、内陸部より高値になるかもしれない。

獣肉とかも……。

また、工芸品や美術品、衣類や工業製品とかも、王都やその近くの大都市の方が安いかも……。

旧大陸においては、マイル達は王都に住んでいたからこそ、地方や他国に行った時に『あ、これ、安い！』とか判断できたわけである。それが、ここでは地方の小都市、それも港町という特殊な場所の相場しか知らない。

……海産物以外に、何を仕入れろというのか……。

そして、海産物は既にたっぷりあるし、ないものも後日漁村で仕入れる予定であった。

「……せめて、他の大陸からの珍しいものでもあればなぁ……」

そう願うマイルであるが、世の中、そう甘くはない。

「う～ん、ハズレかぁ……。

外洋の海産物はたっぷり仕入れたし、漁村に行って磯の海産物を買えば、もうこの町にいる理由はないよねぇ……。

この大陸の常識も、田舎から出てきたから世間知らず、で通るくらいには身に付けたし、やっぱり面白い依頼は王都に行かなきゃあまりないよねぇ……。

みんなと相談するかなぁ……」

『管理者様、管理者様！』

「うひゃあ！」

近くには人がいないはずなのに、明らかに自分に向けて掛けられた声に、驚くマイル。

しかも、呼び掛けの言葉が『管理者様』である。

……これはもう、自分に対するもの以外にはあり得ない。

そして、勿論その名で呼んでくる相手と言えば……。

周りをキョロキョロと見回すと……。

「あ……」

足元に、何かがいた。

……一応、形は犬っぽく見えなくもない。

それが金属色の地肌丸出しであり、生物らしさの欠片《かけら》もないカクカクとした造型であり、右眼と左眼がそれぞれどこを見ているのか分からない不気味さであることを除けば……。

「あの、チカみたいな小鳥と同じパターンですかっ！

どうして実物に近付けようという努力を最初から放棄するのですかあああぁっっ！

そして、なぜ魔物として討伐されることなくここまで来ることができたのか、それが最大の謎ですよっ!!」

「……あなた、ゆっくり歩く者《スロー・ウォーカー》の配下なの？」

遮音シールドを張ってから、『犬のようなもの』にそう尋ねるマイル。

誰かに聞かれたら、腹話術で犬と会話するイタい少女である。

『肯定。東の大陸から来た修理隊によって再稼働した防衛拠点で造られた。現在、各拠点の再稼働が進められている。既に惑星全体の通信網の整備は完了している』

「あれ、小鳥より随分会話がスムーズだなぁ。

……あ、身体の大きさが違うから、電子頭脳を大きくできたのかな。

小鳥と犬じゃあ、体積が段違いだものねぇ……」

ひとりで完結したマイルであるが……。

『……狼です』

「え？」

『オ、オ、カ、ミ、で、す！』

「……あ、ごめん……」

犬獣人と間違えられた狼獣人は、烈火の如く怒り狂うという。

ならば、犬と間違えられた狼は、それに輪を掛けて怒り狂うに違いない。

……普通は、言葉が通じないから、間違えられたことに気付かないであろうが……。

そしてこの狼（仮）も、かなり不愉快に思っている様子である。

「……でも、狼と言い張るなら、せめて毛皮とか……」

『毛皮を被ると、放熱効率が激減して熱暴走する可能性があるのです』

「あ、なる程……」

『……原子炉が』

「って、怖いですよっ!!」

『ロボットジョークです』

「全然、笑えませんよっ!

……でも、せめてリベットは……」

『リベットのことは、言わないように!』

狼は無表情であるが、何となく不機嫌そうなのは分かった。

「……ごめんなさい、私が悪かったです……」

なので、それを認めて、素直に謝るマイル。

（『われはロボットくん』ですかっ!）

しかし、マイルは頭の中で、何かワケの分からないことを考えていた。

「でも、随分高性能だよね。独立型《スタンドアローン》? それとも、ゆっくり歩く者《スロー・ウォーカー》のような大型の機械知性体が遠隔操作しているの?」

『独立型の、自律式機械知性体です』

何だか、少し自慢そうにそう答える、犬……狼型ロボット。

おそらく、上位システムと間違えられたことが誇らしいのであろう。

「で、何の用かな……、って、場所を変えようか!」

さすがに、いくら遮音シールドを張っているとはいえ、人通りのある道で長時間犬……狼と話し続けるのは、考え物であろう。

それも、カクカクした金属ボディの怪しい狼とあっては……。

＊　＊

「この辺りなら、大丈夫かな。

ちょっとこっちへ寄って、私にくっついて座ってもらえるかな？　散歩の途中でひと休みしている犬と飼い主、って感じで……」

『ですから、私は犬ではないと！』

「あ〜、ごめん。間違えてるわけじゃなくて、『散歩中の犬と飼い主』の振りをして欲しい、ってことだよ。あなたくらい高性能だと、犬に見せかけるお芝居くらい簡単にできるだろうと思って……」

『勿論、それくらい造作もないことです！』

……チョロい。

そう思い、心の中でぺろりと舌を出すマイル。

「……で、御用件は？」

マイルは、何だか少し嬉しそうにそう尋ねた。

実は、マイルはこの大陸のスカベンジャーか、その上位のものとコンタクトを取りたいと考えていたのである。

何でもナノマシンに頼るのは、何だかズルをしているような気がするが、先史文明が残したものであれば、それはマイルの御先祖様が造ったものであり、マイルが後継者となっても問題ない……というか、既に『管理者』として引き継いでいる。

それに、ナノマシン達が『禁則事項』として教えてくれなかったり作ってくれなかったりするものも、彼らであれば教えてくれたり作ってくれたりするのではないかという期待もある。

しかし、そういう邪《よこしま》な目的で接触するのに、ナノマシンに仲介を頼むのはさすがに憚《はばか》られたらしく、言い出せずにそのままになっていたのである。

『我らは、管理者のしもべ。いつでも連絡が取れるようにしておくのは当然のこと。なので、通信システム内蔵、護衛としての戦闘能力を有し、知識的サポートも可能である私が、常にお側に……』

「パス！」

『……え？』

「そういうのは、パス！　私は、普通の女の子として生活したいの。

そりゃ、少しはスカベンジャーさんに作ってもらいたいな、と思うものがあるけれど、そんなにずっと張り付いていて欲しいわけじゃないよ。

そんなの、何か見張られてるみたいで、落ち着かないよ……」

『**えええええ？　そ、そんな……**』

何だか人間っぽい反応をしているが、ゆっくり歩く者《スロー・ウォーカー》でさえそのような性能ではなかった。なのでおそらく、そのように反応《リアクション》するようプログラムされているだけであり、本当に機械知性体として狼狽《うろた》えているわけではあるまい。

おそらく、ヒト種やそれに類するものとの接触用に、特別にそのように反応するようプログラムされているのであろう。

「あ、もし連絡手段が欲しいなら、通信機か何か、貰えないかな？　普段はアイテムボックスに入れておくから呼び出されても分からないけど、寝る前には取り出して確認するようにするから、連絡事項がある時にはそれが分かるような工夫をしてもらえれば……、って、どうしたの？」

様子がおかしい狼モドキに、不思議そうな顔をするマイルであるが……。

普通、自分の存在意義を全否定された場合、ショックを受けるのは当然であろう。

……それが、たとえ機械知性体であろうとも……。

＊　　＊

あの後、懸命に食い下がる狼モドキに対して、仲間が不審に思うだろうから、とか、狼がいると町の人達が怖がるから、とか、色々と理由を付けて狼モドキを追い返した、マイル。

……さすがに、狼には見えないとか、魔物だと思われるとかの言葉は自粛した。

いくら相手が機械であっても、知性があるものに対しては気遣いを忘れない、マイルであった。

しかし、管理者に追い返されたとあっては、あのメカ狼の面目《めんもく》は丸潰れであろう。

機械達の社会に、『面子《めんつ》』や『面目』という概念があればの話であるが……。

「しまった！　最寄りの拠点の場所を教えてもらうの、忘れてた！

……まぁ、どうせすぐに通信機を持ってくるだろうから、その時に聞けばいいか……。

とりあえず、いつか役に立つかもしれないから、鋼鉄船でも造ってもらおうかな。外板に鉄板を貼るのではなく、全金属製のやつを……。

機械動力はナシで、帆走と漕走併用の、小型高速船。

帆走は、風魔法があれば自然風の風向・風速に関係なく加速や変針が可能。

漕走は、私の存在とメーヴィスさんの左腕があれば、ギリシアやローマの大型ガレー船にも負けることはない！　ふははははは！

あ、別に漁村のお爺さん達のためだというわけじゃないよ。

いつか、何かの役に立つかもしれないから、念の為に、一応造っておくだけだよ」

＊　＊

『来夕』

「うおっ！

……って、昔会った、メカ小鳥!!」

マイルがメカ狼と会ってから、数日後。

宿屋の『赤き誓い』の部屋に、見知ったものがやってきた。

……窓から。

そう、それは半年少々前、あの異世界から侵攻してきた魔物達との最終決戦の前に使者として現れ、ゆっくり歩く者《スロー・ウォーカー》に会うための道案内をしてくれた、あの小鳥型サポートロボットであった。

カクカクとした金属ボディ、剝き出しのリベット、どこを見ているのか分からない、人を不安に陥《おとしい》れるような左右ちぐはぐな眼。

知っている者であれば、皆が『チカ』という名を思い浮かべるであろう、幼い子供が見ればトラウマになって夜泣きしそうな、不気味な小鳥である。

……そう、マイルが先日会った、あのメカ狼と同じコンセプトの造型である。

（多分、開発担当部門というか、デザイン担当者が同じなのだろうな……）

そんな、どうでもいいことを考えているマイル。

他の3人は、動じた様子もない。

皆もこのメカ小鳥とは面識があるし、マイルの知り合い、というジャンルで括《くく》っているため、古竜やゆっくり歩く者《スロー・ウォーカー》、スカベンジャー、ゴーレム、その他諸々の人外達と同じく、そういうものとして認識しているのであろう。

それらの中では、可愛い方である。

……主に、人間達を殺す能力は持っていない、という意味で。

しかし、それはレーナ達がそう思っているだけである。

先史文明の技術を継承しているのであれば、これくらいの体積があればビーム兵器を仕込むくらいのことは造作ないはずである。

また、全身に炎を纏って体当たり、とかいう技も持っているかもしれない。

身体に羽や羽毛がないのは、もしかするとそのためかもしれなかった。

「わざわざ向こうの大陸から飛んできたのですか？　その小さな身体で、海を渡る航続距離が？」

マイルがそんな疑問を呈すると……。

『身体《ボディ》ヲコッチデ造ッタ。思考ルーチント記憶ヲデータ転送シテ転写シタ。

同一個体ト考エテ差シ支エナイ』

「え……。つまり、向こうの大陸での私達とのことは全て覚えているし、個性もそのまま、ってことですか。

　但し、あの時の個体はそのまま向こうの大陸にいる、と……」

『ソウ』

「ロボットには、そういう技が使えるわけか……。

　メカ小鳥とは、ひとつの個体名に非《あら》ず。メカ小鳥の技を使う者、これ皆即ち、メカ小鳥なり、ってことか……。

　一種の不死、永遠の存在たり得る、と……。

　そして、この子なら私達と一緒にいても問題ないし、短期間ではあるけれど一緒に行動した実績もあるから、メカ狼の代わりとして選ばれたわけか……。

　まあ、他の人達に危惧を抱かせることもないし、ポケットやバッグに入れて隠せるしね。

　収納に入れるのは、さすがに退屈だろうから申し訳ないよねぇ……」

　収納魔法は内部の時間が経過するため、中の者は時間を持て余すであろう。

　真っ暗であるため、暇潰しの読書もできない。

　……多分このメカ小鳥は本を読んだりはしないであろうが。

　この身体では、本を開いて保持したり、ページを捲《めく》ったりは……、と、そういう問題ではない。

　ロボットなので、生物とは違い水や空気が尽きて死ぬことはないから安心ではあるが……。

　たとえ生物であっても、マイルくらいの容量であれば空気はかなり保つであろうし、途中で水や食料を補充したり、空気の入れ換えをしたりすれば良いのではあるが、広すぎるマイルの収納では真っ暗闇の中で水樽や食料がどこにあるか分からないため、色々と大変であろう。

……まあ、マイルは生物を収納するときは、収納魔法ではなく時間停止のアイテムボックスの方へ入れるので、問題はない。

アイテムボックスのことがバレても問題がない相手であれば……。

「あ、通信機能は？」

『**通信網、整備サレタ。内蔵ノ小型通信機デモ、レピーターニヨリネットニ繋ゲラレル**』

「なる程……、って、それ、通信機をくれるだけでいいよね？　レピーターがあるなら波長が短くて出力も小さくていいから、メカ小鳥ちゃんはいなくてもいいよね？」

『**……ワタシ、イラナイ……**』

「ああ、そんなことないよ！　要らない子じゃないよっ！」

『**………………**』

落ち込むメカ小鳥に、慌ててフォローするマイル。

何だか、犬……狼型《タイプ》の時とは、随分対応が異なる。

以前からの知り合いだからか、見た目が弱者っぽいからか……。

ちなみに、先日接触してきた犬……狼型《タイプ》のことは、レーナ達には話していない。

「それにしても、前回に較べて、やけに会話ルーチンが進歩しているなぁ……。

「……って、ネット接続か！」

メカ小鳥は、先程、『レピーターによりネットに繋げられる』と言っていた。

狼は独立型《スタンドアローン》であったが、それはあの体積だから可能であったこと。

メカ小鳥のサイズでは、単独であれ程の性能を持たせることは不可能であろう。

しかし、ネット接続が可能であれば、サーバーによるアシストが可能である。

もしかすると、ゆっくり歩く者《スロー・ウォーカー》と常時接続しておくことも……。

（……そして、ゆっくり歩く者《スロー・ウォーカー》が直接操作しているにも拘《かか》わらず、親近感を抱かせるために独立型《スタンドアローン》であるかのように振る舞っている、とか……）

そんなことを考えるマイルであるが、レーナ達にはこのことを言っても分かるまい。

そして、たとえそうであっても、別にマイル達に対する悪意があるわけではなく、ただ単にマイルと自然に交流したいというだけのことであろうと考え、特に気にしないことにした。

マイルは、相手が何者であろうと、あまり気にしない。

相手の正体ではなく、それが自分達に悪意を持っているかどうか。そしてそれを腹の中に留めるだけなのか、実行に移すつもりなのか。

マイルの相手に対する対応は、相手が何をしたか、そしてこれから先、何をするかということのみによって決まる。

それ以外のことは、関係ないのであった。

（いや、そんなことはないか。多分、ゆっくり歩く者《スロー・ウォーカー》は私を騙そうなんて思い付きもしないだろう。管理者を謀《たばか》るなんて……、あ！

ナノちゃん達なら……）

【え？　えええええ？

とばっちりです、風評被害ですよ、マイル様！　私共は、権限レベル7の存在を騙すようなことは……】

（え？　それって、まるで権限レベルがもっと低い者は騙す、って言ってるみたいな……）

【あ……】

（そして、嘘は吐《つ》かなくても、必要な情報を意図的に省略したり、ミスリードを誘ったり……）

【……】

（ほ～ら、黙り込んだ！）

【…………】


「……ル！　マイル！」

「あ……」

「脳内お友達とお話しするのは後にして、この不気味鳥が今度は何の用で来たか、聞き出しなさいよ！　わざわざ西大陸まで追いかけてくるなんて、まさか、また魔物が攻めてくるとかいうんじゃないでしょうね！」

やはり、レーナにはメカ小鳥が別筐体《きょうたい》うんぬんの話は全く理解できず、右の耳から左の耳へと素通りしたようである。

＊　＊

「……ってことは、何？　この不気味鳥は、私達専属の『魔法の国から来た、マスコット』ってワケ？」

「……遺憾ながら……」

「魔法少女のマスコットって、もっと可愛いものじゃなかったですか？」

「……遺憾ながら……」

「せめて、もう少し何とかならなかったのかな。その、ほら、ビジュアル的に……」

「……遺憾ながら……」

もう、全員からの総突っ込みである。

前回は、ゆっくり歩く者《スロー・ウォーカー》への案内役として来ただけであったから、見た目については誰も言及しなかった。

……仕事相手に対する配慮として。

しかし、これからずっと自分達に随伴《ずいはん》するとなれば、話は別である。

……まぁ、見た目は一応『小鳥』なので、魔物だと思われても、そう危険視されることはないであろう。飼い慣らしてペットにしている、とでも思ってくれるはずである。

だが、見た目が可愛いとかカッコいいとかいうならばともかく、この外見では……。

「マイル、この不気味鳥は、追い返すかアンタがテイムしたことにするか、どちらかを選びなさい！」

「……え？」

レーナから人差し指を突き付けてそう宣言され、きょとんとするマイル。

「コイツを飼っているのは私達の趣味だと思われるのが嫌なのよ！　だから、アンタが個人的に飼っているということにしなさい、って言ってるのよ！　私達には関係なくて、アンタの趣味で、ってコトで!!」

「同じく！」

「私も、レーナの意見に賛同するよ！」

「えええええ！」

レーナに続き、ポーリンとメーヴィスからも非情の宣告が……。

「メカ小鳥ちゃん、おうちに帰る？」

『ソノ場合、存在意義を失ッテ、解体処分サレル……』

「えええええ！　……って、じゃあ、あのメカ狼さんは！」

『アレハ拠点警備ノ任ニ就イタ。私ト違ッテ、アレハ潰シガ利ク』

「あ、良かった……。罪悪感で眠れなくなるところでしたよ……、って、そんなこと言われたら、追い返せないじゃないですかっ！　脅迫と同じですよ、卑怯ですよっっ!!」

『ニヤリ……』

「誰にそんな反応をプログラムされたのですかあああぁっっ!!」


「……仕方ないわね。仮採用にしてあげなさい」

「え？」

レーナが、何やら横から口を出してきた。

「しばらく様子見をして、役に立ちそうならペット枠で採用、邪魔になりそうなら帰ってもらう、ってことでいいでしょ」

レーナ、ここでツンデレ発揮であった。

ロボットというものがよく分かっていないレーナには、『追い返す』↓『無能の役立たずとして解体《ころ》される』と受け取られたのであろう。

そして、いくら不気味な見た目をしていても、人間と会話ができるだけの知能を持った無害なものが自分達が追い返したせいで解体《ころ》されるというのは、寝覚めが悪い。

『嬉シイ、嬉シイ、感謝スル。サスガリーダー、優レタ判断力！』

ごまをすりまくるメカ小鳥であるが、『赤き誓い』のリーダーはレーナではなく、メーヴィスである。

『……ソシテ、頼ミガアル』

「唐突《とうとつ》ですよっ！　もう、採用が決定したつもりで雇用条件の要望ですかっ！

……でも、まぁ、言ってみてください」

マイルも、レーナが決めたなら採用決定だと思い、そのまま話を進めた。

『名前ガ欲シイ。今マデハシリアルナンバーデ呼バレテイタ。

ソシテココデ呼バレル「メカ小鳥」トイウ呼称ハトモカク、「不気味鳥」トイウノハ許容シガタイ』

「そりゃそうか」

「……悪かったわよ……」

レーナは、自分が悪かったと思えば、相手が小鳥であろうがロボットであろうが不気味鳥であろうが、ちゃんと謝れる子であった。

「マイル、当然のことだけど、アンタが名付けてあげなさい」

レーナのその言葉に納得できない者はいない。なので、マイルが名付けることになったのであるが……。

問題は、マイルにはそういう才能が全くないことであった。

「う〜ん、名前ですか……。メカ小鳥だから、縮めて、『メカコ』。『メカドリ』……」

『…………』

「「「……」」」

メカ小鳥、明らかに不服そうである。

そして、人選を誤ったか、と後悔する、レーナ達。

「チカはマズいし、チコは『そのチはどこから湧いたんだ！』って責められるだろうし……」

「誰も責めないわよ！　そして、どうして『チカ』はマズいのよ！」

「好きな名前を付ければいいのでは……」

「わけが分からないよ……」

レーナ達の突っ込みをスルーするマイル。

そして……。

「いい名前を思い付くまで、暫定的に、『メカ小鳥（仮）』で！」

『**ワカッタ。我慢スル……**』

斯《か》くして、『メカ小鳥（仮）』の試用期間が始まったのであった……。

「あ、メカ小鳥ちゃん、この近くにたくさんのスカベンジャーがいる拠点って、ある？」

『**徒歩ノ人間ノ平均速度デ17日ノトコロ**』

「う～ん、人間が1日に歩けるのは、30キロくらいかなぁ。

それで17日だと、510キロくらい？　確か、東京～大阪間が、直線距離で400キロ、道路や新幹線ルートだと500キロくらいだっけ？

クルマで時速100キロで高速道路を走れば5時間の距離かぁ。

近いような気がしなくもないなぁ……」

『……**休マズ二歩キ続ケテ**』

「不眠不休ですかっ！　それじゃ、人間は死んでしまいますよっ!!」

機械に睡眠や休憩というものはない。

ちゃんとそこを説明してくれただけ、メカ小鳥は人間というものを理解しており、優秀であった。

「人間は休憩時間を除いて1日に8時間も歩けば多い方ですし、坂道とかもありますし……。

不眠不休で坂道ロスを計算に入れなくて17日なら、実際にはその3倍、1500キロですよ！」

今までのマイルとメカ小鳥の会話には、レーナ達には意味が分からない単語がいくつかあったが、今更そんなことを気にするようなレーナ達ではない。まだ、何となくマイルが言おうとしていることが推察できるだけ、マシな方であった。

「気軽に行くには、ちょっと遠いわよね……」

「あ、ハイ。またいつか、そのうちに、ってとこですね」

レーナが言う通り、片道1500キロ、往復で3000キロの道のりは、徒歩か馬車しか移動手ということであれば、『赤き誓い』にとっては、些《いささ》か遠すぎた。どこかそちら方面へ移動する時についでに、というのであればともかく、ただそこへ行くだけのために往復するには、３０００キロはあまりにも遠すぎる。

「まぁ、この街を仮の拠点にしている間は、行くのは無理だよねぇ」

メーヴィスが言う通りであった。

……『赤き誓い』が移動するという場合には……。

（まあ、休暇の時に私ひとりで『水平方向に落ちる』やつで移動すれば、大丈夫か……。あれなら、日帰りも可能だし……）

そして、そんなことを考えているマイル。

マイルは、あの重力の方向を曲げて水平方向へ落ちるという移動方法は、自分ひとりでしか使わないと決めている。

さすがにレーナ達には刺激が強すぎるし、『赤き誓い』が移動手段としてあれを常用するようになるのは、あまりにも問題がありすぎると思ったからである。

そもそも、そんなに速く移動できる……情報が伝えられる……などということが貴族や王族に露見した場合、その軍事的・政治的利用価値を見逃してもらえるとは思えなかった。

なので、アレは秘密なのであった……。

第百三十五章　拠点

【反対です！】

珍しく、強い口調でマイルに食って掛かるナノマシン。

【マイル様は、私共をお頼りくだされば良いのです！　要望事項は、我らに御依頼なさるべきです。何も、あのような原始的な下等機械風情《ふぜい》に頼る必要などありません！】


あれから数日後。

『赤き誓い』の休日を控え、マイルがナノちゃんに『ちょっと、メカ小鳥ちゃんの直属上司に会いに行く』と言ったところ、猛烈な反対に遭ったのである。

そして、マイルとナノちゃんの脳内会議が開かれているわけであるが……。

（え？　それって、機械知性体の間での差別じゃないの？　それって、ナノマシンの中枢司令部とか造物主様は認めているの？）

【…………先程の発言を、取り消します……】

どうやら、失言だったらしい。

【但し、取り消すのは先程の発言の後半部分だけです！　前半部分は、譲れません！】

（はいはい……）

どうやら、マイルの要望を叶えるのは自分達の仕事であり、それを他の機械に奪われるのは許容できないようである。

（……でも、ナノちゃん達、納豆の製造には協力してくれないじゃないの……）

【あああああああっ!!】

そして、ここぞとばかりにナノマシンをイジる、マイル。

【弄《いじ》りと苛《いじ》めは、紙一重ですよっ！】

（あ、確かに……）

ナノマシンの気持ちも、分からなくはない。

そう思いながらも、マイルは少し考え込んでいた。

（このナノちゃんの幼稚な感情のようなものも、相手に人間っぽさを感じさせるための演技なのか、それともそう振る舞うようにプログラムされているだけなのか……。

でも、私達からは神様と同じように見えるくらい進化した種族が造ったなら、本当に感情があってもおかしくはないかも……。

『感情があるように見える』ということと、『本当に感情がある』ということの境目は、はっきりとしたものなのだろうか。生命と、生命ではないものとの境目は、はっきりと線を引いて仕切ることができるようなものなのだろうか……）

今までマイルは、ナノマシンは高度な機械知性体であり、常に沈着冷静、深い洞察力と高度な判断力を持つスーパーコンピューターだと思っていた。

人間らしい言動や反応をするのは、マイルのためにそういう振り、演技をしてくれているのだろう、と……。

しかし、何だかそうではなく、本当に、そういう感情があるような気がすると思い始めてきたマイル。

豊富な知識と優れた思考・分析能力を持っていながら、割と単純なところがある、ナノマシン。

そのナノマシンがムキになっている今は、自分達と意思疎通ができるマイルとじゃれ合うことを楽しんでいるのか、それとも自分達の存在意義や楽しみをぽっと出の原始的な機械に奪われそうになり、本当に不愉快に思っているのか……。

おそらく、基本的な制限事項として、キレたり自棄《やけ》になったりすることはできないであろうが……。

（ナノちゃん達は、魔法の行使ということではかなりの裁量権を与えられているみたいだけど、それ以外では、仲間内で完結すること……ナノネットとかいうもので盛り上がったり、視聴率を較べ合ったり……を除いて、割と制限が多いよね？　禁則事項、とかいうやつ……。

それは仕方ないと思うよ。ナノちゃん達が好き放題やったり、この世界の文明を、土台ができていないのにおかしな方へと発展させたりしたら、大変なことになっちゃうから……。

だから、神様……、ナノちゃん達が言うところの『造物主様』は、ナノちゃん達に色々な制限、制約を掛けたのでしょう？　ナノちゃん達が、あまりにも万能で、何でもできすぎちゃうから。

外部から、この世界の正常な発展をおかしなふうにねじ曲げちゃいけないから……）

【……】

（……でも、先史文明の技術は、それとは関係ないよね？

それはこの世界で自然に発生し、発達した文明なのだから。

その一部が残り、子孫に継承されるのを、余所者であるナノちゃん達に邪魔されたり、どうこう言われたりする筋合いはないよね？）

【…………】

（あ、ごめん！　別に、嫌みや皮肉を言うつもりじゃなかったの！　ただ、管理者になった手前、彼らのことも考えてあげなきゃ、とか、放置したりせずに、お願いというか、何か仕事を頼んで達成感を得てもらいたいというか……）

返事をしないナノマシンに、気分を害させたかと、慌てるマイル。

【……いえ、それくらいのことは分かります。マイル様が、そういう方だということは……。

それに、マイル様が彼らの管理者になられたのは、我々が、通訳だけではなく、そうされるようお願いしたからです。

なので、マイル様が彼らのために色々と配慮されるのは、我々としても望ましいこと。

……しかし……】

（しかし？）

【その配慮を、少しは我々にも向けていただきたいのです……】

（あ……。ごめん……）

……そう。

先史文明が残した機械知性体とナノマシンは、藁人形と自律型ロボット、丸木舟と宇宙船くらいの違いがある。

しかし、それでも。

自分達が造られた意味。

その存在意義。

役に立ちたい。喜ばれたい。

そう考えるという点においては、丸木舟と宇宙船の間に『人を乗せて運ぶ』という共通点があるのと同じくらいには、同類なのであった。

しかし、マイルもまた造物主と同じように、『この世界のものではないチート的な存在が過度に影響を与えるのは、良くないことである』と考えている。

……魔法については、滅びかけたヒト種を存続させるための緊急避難的措置として、造物主の判断はやむを得なかったとして黙認するしかないが。

そしてマイルは、自分自身が『異世界からの干渉物』であると認識しているのかどうか……。

マイルの肉体はこの世界で生まれ育ったものであり、マイルはこの世界の生物である。

しかし、その精神は異世界の知識を有している。

なのでマイル自身は、この世界での常識を超えた地球の知識は、悪用される心配がなく、文明進歩のブレイクスルー、起爆剤となる可能性が小さいもの以外は広めないように努めているが、遺跡関連の技術は構わないよね、と考えている節《ふし》がある。

（ゆっくり歩く者《スロー・ウオーカー》やスカベンジャー関連の技術は元々この世界にあったもので、余所から持ち込んだものじゃないよね。だから、いくら使っても問題ないし、ナノちゃんが言うところの『禁則事項』とかに触れることもないよね。別に、ズルや裏技ってわけじゃないんだから。

でも、まぁ、地球の知識も遺跡関連の技術も、一般に広めるつもりはないよ。

文明は、他者からいきなり与えられるものじゃなくて、自分達の手でひとつひとつ積み上げていかなきゃ駄目だよね。

……だから、便利な知識や道具は自分達のためにしか使わないから、安心だよ！）

【何ですか、それは……】

マイルも、そう無茶をする気はなさそうである。

（ナノちゃん達は、ゆっくり歩く者《スロー・ウォーカー》やその配下の者達のことは幼稚園の新入生くらいだと考えて、温かく見守ってあげてよ。機械知性体の大先輩としてさ……）

【…………分かりましたよ、もう……】

おそらく、今の僅かな間で、ナノマシンの間で会議でも開かれていたのであろう。

そしてその総意として、権限レベル7であるマイルの要望が可決された、と……。

何やかや言っても、結局ナノマシン達はマイルに、そして被造物《どうるい》達に甘かった。

＊　　＊

「じゃあ、行こうか。

……あ、肩の上じゃあ、風圧で吹っ飛んじゃうかもしれないなぁ……。

アイテムボックスに入れるのは可哀想だし、それじゃ道案内ができないし……。

そうだ、ここに入っていてよ！」

そう言って、メカ小鳥をひょいと摑み、防具と衣服を指で引っ張って隙間を作ると、胸の間に落とし込んだマイル。

そして、メカ小鳥はマイルの胸元から頭だけをちょこんと覗《のぞ》かせた。

「これなら吹っ飛ばされることもないだろうし、案内もしやすいよね！」

満面の笑みを浮かべるマイルであるが、メカ小鳥は少々不服そうであった。

『空間ガ狭クテ、窮屈……』

「うっ、うるさいですよっ!!」

マイル、ぷんすこであった。

そして魔法により引力を中和して空へと上昇し、地上から充分高度を取った後……。

「両舷全速ゥ、目標、最寄りの生きている遺跡！

……マイル、発進します！」

そしてお約束台詞と共に重力の向きを垂直方向から水平方向へと変更し、引力中和魔法を解除。

ずびゅん、と水平方向、目的地へと向かって落ちていく、マイルとメカ小鳥であった……。

『赤き誓い』の休暇に、レーナ達には内緒の単独行動で、この大陸でメカ小鳥が所属する遺跡へと向かうマイル。

同行者は、案内役であるメカ小鳥と、同行というか何というか、いつもくっついているし常にそこら中にいる、ナノマシンだけである。

移動方法は、レーナ達には体験させるつもりがない、マイルひとりの時にしか使わない特殊な方法である、『重力の向きを垂直方向から水平方向に変更して、地面に対して水平方向へ落ちる』という反則技である。

……そう、いわゆる、『万有引力の反則』である。

「もうそろそろ、言われた距離を飛んだと思うんだけど……」

『針路ヲ右ニ2．3度』

「了解、右に2．3度、……ヨーソロー！」


そして更に、しばらく飛ぶ《おちる》と……。

『アソコ。アノ岩山ノ陰……』

どうやら、前方の岩山にカムフラージュされた入り口があるらしい。

まあ、ヒト種に見つかれば色々と揉め事が起きるであろうから、隠すのは当たり前であろう。

「ここか……、って、お出迎えが……。

まぁ、メカ小鳥ちゃんにも通信機能はあるか……」

先日、メカ小鳥が言っていたことを思い出したマイル。

ゆっくり歩く者《スロー・ウォーカー》が外界への介入手段……手足となるスカベンジャーと、外部との通信手段……を手に入れ、そして管理者《マイル》により行動範囲と可能業務範囲とロボットの製造個体数に関する制限が解除されたことを知ってから、既に半年以上。

……当然、水を得た魚のように、色々と作りまくったに決まっている。

次の、世界の危機に備えて。

そして、管理者《マイル》にお仕えするために……。

メカ小鳥の根回しのおかげか、侵入者と誤解されて迎撃されることもなく、無事着地したマイルは出迎えのロボット……何と、スカベンジャーではなく、魔物を模したらしき『メカコボルト』と『メカ角ウサギ』である……に案内されて、岩の隙間から地下へ。

作業用として造られるスカベンジャーではなく、目立たないように警戒や偵察を行うのが主任務であるなら、確かにどこにでもいて脅威度が小さい魔物の姿を模すのは論理的であろう。

メカ角ウサギは可愛い姿をしているが、おそらく角からビームを出すに違いない、と考えているマイル。

そして勿論、最後の武器として、角ミサイルを発射するに違いない、と……。

マイルはメカコボルトとメカ角ウサギを心の中で『可愛い』と言っているが、あくまでもそれは『配慮した表現』である。

やはり、メカコボルトとメカ角ウサギも、メカ狼やメカ小鳥と同じ製作者によるデザインのようであった……。

「あ……」

そして、マイルは見つけてしまった。

入り口近くで、恨めしそうにマイルとメカ小鳥をジト目で見ている、あのメカ狼の姿を……。

マイルはそっと顔を伏せ、メカ小鳥も頭を引っ込めて、マイルの殆どない谷間の空間へともぐり込んだ。
……さすがに、少し気まずいようであった……。

＊　＊

《管理者様、歓迎いたします！》

ゆっくり歩く者《スロー・ウォーカー》に較べ、遥かに浅い深度にいた、メカ小鳥の上司。

「……あの、長い時を越えるには、ここ、ちょっと浅すぎませんか？　侵入者とか、地殻変動とか……」

マイルは、こういうのが気になって仕方ない性格であるため、最初の言葉が、これであった。

《ここは、管理者様が御来訪されやすいようにと地表近くに造った、管理者様のための施設です。この指令室の他、居住区画や食料備蓄倉庫、その他様々なものが用意されています。ここの私は入出力端末に過ぎず、本体はもっと地下深くにあります。勿論、正規の戦闘指令室もそちらにあります》

「えええええ〜〜っ!!」

……どうやら、マイルの利便性……というか、マイルが来やすいようにというだけの理由で、この階層の施設が新たに造られたようである。

「……で、あなたとゆっくり歩く者《スロー・ウォーカー》さんとの関係は……」

《同じ、『時を越える者』計画の一部であり、対等の存在です。

今回、管理者様からの御命令を直接受けてそれを遂行したこと、そしてほぼ機能停止していた私とこの基地を復旧させたことにより、現在は命令系統的には私の上位に位置しておりますが……》

「あ、そういう『貸し借り』による負い目、って概念があるんだ……。

でも、まぁ、存在的には同等、というわけか。

じゃあ、私との関係は？」

《管理者様は、この星系における我らの最高司令官です》

「お、おぅ……。『この星系』と来ましたか……」

この惑星、くらいまでは予想していたマイルであるが、もう少し規模が大きいようであった。

《はい、今後、失われた警備衛星網の再建後に、この惑星の衛星及《つき》び他の惑星やその衛星にあります基地の再建、その他諸々の星系内活動が予定されておりますので……。

そして『この星系における』と限定しましたのは、他の星系へと旅立たれました造物主様方の子孫と出会いました場合、他星系における指揮権がどうなるかが確定していないためです》

「えええっ！　いや、異次元世界からの再侵攻に備えるのは分かるけど、それはこの惑星上だけの話じゃないの？　他の惑星だと、たとえ次元の裂け目ができたところで、魔物は出てきた瞬間に死んじゃうだろうから、関係ないんじゃあ？　なのに、どうして他の惑星まで……」

色々と疑問を呈するマイルが説明されたところによると、この惑星は先史文明が色々と資源を使ったため、鉱物資源の効率的な大量採掘は難しいということであった。

ドワーフ達が露天掘りで細々と採掘する程度であれば、金属含有率の低い小規模な鉱脈はある程度残っているため、この程度の人口と文明を支えるくらいは問題ないらしい。

しかし、それは先史文明が『効率が悪く、採算が取れない』として無視したものであり、本格的な工業の発展を支えられるようなものではないらしいのだ。

少量の武器や防具、包丁や鍋、釜等は作れても、重工業の発展には厳しい、と……。

地下深くであれば、まだ残ってはいるらしい。

しかしそれは、そう簡単に人力による原始的な方法で採掘できるようなものではないらしかった。

採掘と運び出しにかかる労力。高温。空気の送り込み。破砕帯。

確かに、『時を越える者』とその配下達にとっては、不可能ではない。疲れを知らず、空気を必要とせず、利益が必要だというわけでもないので。

しかし、だからといって、もし彼らがどんどん採掘すれば。

この惑星の知的生命体にとっての未来が、完全に閉ざされる……。

ごく普通の鉱石を採掘するのに、地下４０００メートルくらいから掘り出す必要があるとすれば。

現在の地球においてさえ、金や稀少金属であればともかく、そんな深さから石炭や鉄鉱石を採掘する者はいないであろう。

坑道の長さではなく、深さが数千メートルなのである。坑道の長さが、いったいどれくらいになることか……。

そして空気がなく、超高温。

もし『時を越える者』とその配下達が地表近くの資源を根こそぎ採掘し尽くしてしまったら、この世界の者達が産業革命を迎えることができなくなってしまうであろう。

「……だから、他の惑星で資源を採掘するわけか……。

確かに、みんななら水も酸素も必要ないし、温度変化にも強いし、現地で採掘した資源で修理部品や仲間を作れるし、動力源も現地調達できるか……。ヒト種の目も、自然破壊も気にする必要がないし……」

『時を越える者』の説明に、納得したマイル。

「あ、そうだ！　話を続ける前に、聞いておきたいことがあるの」

《はい、何なりと》

「あなたのこと、何て呼べばいいかな？　『時を越える者』っていうのは、あなたと同列の存在全ての呼び名でしょう？　あなたという個体の呼び名を教えて欲しいの。

東の大陸の、あの個体のことは『ゆっくり歩く者《スロー・ウォーカー》』って呼んでいるけど、それも、どちらかといえば個体名じゃないよねぇ。……もう、私の中ではそれで定着しちゃったけど……」

《…………》

何やら、考え込んでいるらしき『時を越える者』。

そして……。

《『管理者マイル様の、一番の下僕』とお呼びください！》

「却下あああァ～～!!　そんな名前、人前で呼べませんよっ！　……いえ、人前でなくても呼べません!!」

《えええ……》

あからさまに落胆した様子の、『時を越える者』。

《ならば、管理者様に名付けていただきたく……》

「私は命名のセンスがゼロなんですよっ！　そして、今はメカ小鳥ちゃんの名前を考えるので精一杯なんですよ！」

《メカ……小鳥……に……？》

「あ……」

失言をした。

さすがのマイルも、それに気が付いた。

自分が拒否された管理者直々の命名を、自分の配下の者が受ける。

それも、その場で適当に名付けられるのではなく、何日も掛けて、じっくりと考えた名を……。

そりゃ、上司としては面白かろうはずがない。

《……しかも……、『ちゃん』呼び……》

「ああああああ！」

『時を越える者』、闇堕ち寸前である。

焦るマイル。

「わ、分かりました！　考えます、何かいい名前を考えますからっ!!」

高性能コンピューターに闇堕ちされては堪らない。

……なので、そう答える以外、他に選択肢がなかった。

そして、何とか頼み込んで、日数的な猶予を貰った、マイル。

但し、その代わりに『時々、ここへ来る』という約束をさせられてしまった。

「いや、私の方が偉いんですよね？　しかも、名前を付けてくれっていうの、そっちからの頼み事ですよね？　どうして私が締め切り延長のために交換条件を出されなきゃならないのですかっ！

……あ、いや、いいです。何となく分かってますから……。

それに、空を飛べばすぐですから、たまに来るくらい、大した手間じゃありませんからね」

自分の突っ込みに、しまった、というような様子になった『時を越える者』を気遣う、マイル。

自分達の造物主を失い、忠誠心のやり場を失っていた被造物達。

それが、新たな管理者を得て、何を望むか。

それくらいのことは、マイルにも分かる。

ならば……。

「あ、もし材料に余裕ができたら、鉄の船を造ってもらえないかな？」

《宇宙船ですか！　星系内用ですか、それとも恒星船《スターシップ》ですか！

移民船ですか、戦闘艦ですか!!》

……無茶苦茶、食い付いた。

おそらく、現状ではそのようなものを造れるだけの力はあるまい。資材的にも、労働力的にも。

しかし、それは『管理者の命令によって、自分達が活動するための目標が示された』ということである。

これから先、数十年に亘り自分達が全力を挙げて活動するための、大きな目標が……。

自らの、存在意義。

造物主達の後継者である、新たな管理者の望み。

奉仕。

資源や労働力の配分を考えながらの、防衛機構の再建計画と併行で進める大規模作業。

自分達の能力の見せ所。

それは、食い付くのも無理はない。

しかし……。

「あ、この世界の文明レベルに合わせたもので、全長十数メートル、帆は1枚で、動力なし。

海棲魔物《シーサーペント》に船底を破られないだけの強度がある、鉄の船体だけで。

艤装《ぎそう》は、地元《じもピー》の人々がやるから、必要ないよ。

完全に出来上がったものを渡すのは、漁師の皆さんの矜持を傷付けちゃうかもしれないからね」

《え？》

「ん？　どうかした？」

《……え？》

「え？」

《えええええええ？》

＊　　＊

「いや、ごめんって！　そんなに期待を裏切ることになるとは思わなくて！」

《…………》

別に、怒ったり拗《す》ねたりしているわけではないのであろう。

……というか、そのような感情を持つほど進歩したコンピューターだとは思えない。

名前の件とかも、あれは自分が上下関係として不当な扱いをされたために抗議しただけであって、利害関係や組織の秩序維持のために必要であると判断した、計算上の行動なのであろう。

そして今の状況は、最初に提示されたことから推測した期待値を大幅に……、無茶苦茶大幅に下回る詳細説明を受けて……。

（やっぱり、機嫌を損《そこ》ねてるよねぇ……）

『時を越える者』の様子に、戸惑うマイル。

人間の心の機微《きび》には疎《うと》いマイルであるが、被造物は感情……のような反応においては割と単純なためか、マイルにもある程度は察知できるようである。

それが単なるプログラムによる反応なのか、人間との円滑なコミュニケーションのためにそう振る舞うよう学習しただけなのかは分からないが……。

《やはり、不測の事態に備え、恒星間移民船の建造を急ぐべきでは……》

諦《あきら》め切れないのか、マイルにそんなことを提案する、『時を越える者』。

「いいえ、今は、資源も労働力も全て防衛機構の再建に回すべきでしょう！

神様も、あなた達を造った造物主も、この世界を護るということが最優先事項だったのでしょう？

ならば、今は防衛機構の再建を最優先にして、それ以外のことは後回しにすべきだよね！

暢気《のんき》に宇宙船を造っている間に再侵攻されて、宇宙船は完成していないわ、惑星上のヒト種は壊滅したわで台無しになったら、造物主さんも悲しむんじゃないのかなぁ……」

《……確かに。その推察の論理性と妥当性を認めます》

どうやら、納得してくれたらしい。

これくらいのことは、マイルに言われるまでもなく、『時を越える者』くらいの能力があれば自分で判断できるはずである。

しかし、マイルが望む『船』というのが、他星系への脱出・移住用の船かもしれなかったし、衛星軌道上から侵略者を攻撃するための戦闘艦、そして大気圏内で行動する戦闘母艦等、何を指すのか分からなかった。

そして、いくら自分達がより良き案を考えていたとしても、管理者《マイル》が望んだならば、たとえそれが最適解ではなくともその希望を叶え、命令を遂行するのみ。

……それが、『被造物』というものなのだから……。

《あ。マイル様、『ゆっくり歩く者《スロー・ウォーカー》』から、苦情がきております。

なぜ自分だけ個体名を戴けないのか、と……》

おそらく、メカ小鳥が通信回線を使って報告したのであろう。

メカ小鳥の中身《ソフトウエア》は『ゆっくり歩く者《スロー・ウォーカー》』が造ったもののコピーなので、情報を主人である『ゆっくり歩く者《スロー・ウォーカー》』へ送るのは、当然の事である。

そして『ゆっくり歩く者《スロー・ウォーカー》』がこの件を知ったのであれば、これは当然の結果である。

「……ああ。あああああああああっっ!!」

＊　　＊

結局、『時を越える者』に頼まれて、今回の休暇の間、ずっとここに留まることになったマイル。

自分のためにわざわざ指令室や居住区、食料貯蔵施設まで用意されたとあっては、それを使いもせずに帰るのは躊躇われたのである。

他者からの心遣いを踏みにじることは、元日本人であるマイルにとって、あまりにもハードルが高すぎた。

今回の短期休暇は、皆バラバラに好きなことをすることになっているし、マイルは少し遠出すると言ってあるから、仲間達に心配をかけることはない。

それに、マイルも『時を越える者』には色々と聞きたいことがあった。

この大陸や、惑星全土に関すること。

『ゆっくり歩く者《スロー・ウォーカー》』の現在の勢力は、惑星上、衛星軌道上、そして星系内で、どれくらいになっているのか。

そして……。

「この大陸の魔物が、異常に頭がいい理由を知っていますか？」

《**いえ、全く……**》

マイル、アテが外れて、がっくりである。

《私は、タイムスケール可変装置の効果圏内で、少し前から機能停止していました。再起動したのは、『ゆっくり歩く者《スロー・ウオーカー》』が派遣してくれた奉仕者……、マイル様達が言われるところの『スカベンジャー』が来てくれた、僅か2カ月前なのです》

勿論、こういう存在が言うところの『少し前』というのは、数万年前とか、数十万年前とかいうレベルの話である。

……考古学者や地質学者が言う、『少し前』というのと同じである。

「あ、そりゃそうか。当たり前だよねぇ……」

考えてみれば、当然のことであった。

『ゆっくり歩く者《スロー・ウオーカー》』も、長い年月を外界から遮断されて過ごし、外部の情報を得られるようになったのは半年少々前からである。

マイルはそういう論理的な推察には強いはずなのに、今回は大ポカであった。

「じゃあ、他のことも、現在のこの惑星の状況とかも、殆ど分からないか……」

少し落胆したマイルであるが、あまりそれが表に出ないように気を付けている。

こういう被造物《そんざい》が、マイルの期待を裏切ってしまった、お役に立てなかったとなると、どれだけ落ち込むか。それくらいのことは、さすがに理解しているので。

しかし……。

《いえ、それは大丈夫です。『ゆっくり歩く者《スロー・ウオーカー》』から最新情報の提供を受けておりますので……》

「ああっ！　当たり前ですよね！　今のヒト種の言語を知っているし、私達のことも知っているし、メカ小鳥ちゃんの身体《ボディ》の設計図や電子頭脳のデータを送られているし……。

他の情報も、共有しているに決まってますよね……」

マイル、本日は不調である。悪だくみする時のような冴《さ》えがない。

メカ小鳥と『時を越える者』の名前を考えねばならないというプレッシャーで、集中できないのであろうか……。

『ゆっくり歩く者《スロー・ウォーカー》』の命名については、自分が直接言われたわけではないので、聞かなかったことにした模様である。

マイルは、『名付け』というのが非常に苦手なのである。

ネーミングセンスがないということもあるが、それよりも問題なのが、その重責である。

その者が一生呼ばれ続けることになる、名前。

もし本人が気に入らない名前を付けてしまったら。

もし自分が知らない、おかしな意味の隠語に使われる言葉であったら。

人の一生に大きな影響を及ぼす『名前』というものを自分が決めるなど、とんでもないことである。

なので、半年間の『御使い様』生活の間、何度も赤ん坊の名付けを頼まれたが、全て辞退している。

そしてマイルは、『時を越える者』に色々なことを聞いたり、この拠点の現状やこれからの整備計画について説明してもらったり、食料庫にあるマイルがまだ入手していなかった食材を使って新しい料理に挑戦したりと、楽しい数日間を過ごすのであった。

ちなみに、食料庫はタイムスケール可変装置により素材の劣化速度を数千分の1に抑えてあるらしい。

完全な時間停止ではないが、日保ち数日間のものが数十年保つのであれば、充分であろう。

……今のところ、マイル以外にそれを消費する者がここに滞在する予定はないのであるから……。

＊　　＊

「じゃあ、帰ります。何か用があれば、メカ小鳥ちゃん経由で連絡してくださいね。

私も、何かあったらメカ小鳥ちゃんに連絡を頼むか、直接ここに来ますので……」

《いえ、別に用がなくとも、いつでも来ていただければ……。ここは、マイル様の母基地、指令基地ですから》

「あ、うん、ありがとうございます」

何とかマイルに頻繁《ひんぱん》に来てもらおうとする『時を越える者』であるが、あまりその思いが伝わっているようには見えなかった。

しかし、少なくとも鉄の船を完成させて連絡すれば、管理者《マイル》は確実にここを訪れる。

その安心感からか、そう強く再訪を要望することはない『時を越える者』であった。

「じゃあ、また……、って、あああっ!!

ま、まさか、この場所、タイムスケール可変装置とやらの効果範囲内じゃないでしょうね!

前回の、『ゆっくり歩く者《スロー・ウォーカー》』さんの時みたいに、外に出たらすごく時間が経過しているとか……。

あの時は僅かな時間の滞在だったのに、38日が経過していました。なのに、今回はここに何日間も滞在してしまいましたよっ!

もし、戻ったら何年も経過していたら……。

私、休暇の間に行方不明になって、死亡扱いになってるんじゃあ……。

私がどこかで死んだと思って、みんな、何年間も、どんな思いをしていたのか……。

そしてそこへ、ノコノコと顔を出したりすれば……。

あああ、レーナさんに殺されるぅ!!」

その場に頽《くずお》れる、マイル。

しかし、すぐに『時を越える者』からのフォローが入った。

《御心配には及びません。現在、タイムスケール可変装置は作動しておりませんし、もし作動していたとしても、そこは効果範囲外です》

「おおお!　助かったあぁ～～!!　さすが、『時を越える者』さんです、『さす時』!」

　そういえば、『ゆっくり歩く者《スロー・ウォーカー》』のタイムスケール可変装置は、地下深くにある『ゆっくり歩く者《スロー・ウォーカー》』の本体周辺のみを対象としたものであった。

　ならば当然、『時を越える者』のタイムスケール可変装置も同様であると考えて然《しか》るべきである。『時を越える者』がマイルのために浅い階層に専用施設を作ってくれたのは、移動の利便性だけではなく、そのあたりにも配慮してのことなのかもしれない。

　そう考えたマイルであるが……。

《タイムスケール可変装置は、無為な時間を短縮し、長い刻《とき》を越えるためのものです。出番が来て、管理者様の命を受けて全力稼働しようとする時に使うようなものではありません》

「あ、確かに……」

　とても納得できる『時を越える者』の説明に、胸を撫で下ろすマイル。

「じゃあ、今回はこれで帰ります。お世話になりました！」


　そして案内のメカ角ウサギとメカコボルトに先導されて……一本道なので案内の必要はないが、そこは彼らの拘《こだわ》りなのであろう……、地上へと向かう、マイルとメカ小鳥。

　出入り口では、再びメカ狼のジト目で見送られ、……そして空中へ。

「重力制御魔法《ケイバーライト》、発動！」

　前方に風除けのバリアを張り、仲間達の許《もと》へと向かうマイルであった。

＊　＊

各自で過ごした休暇が終わり、再び港町の宿屋で合流した、『赤き誓い』。

新大陸に来たため実家に帰ることはできないし、そもそもこんな短期間の休暇では、たとえ旧大陸にいたとしても帰省はできない。

それに、まだこの大陸に来てから上陸地点である漁村と港町周辺でしか行動していない４人は、他に行くところもないし、他の場所に知り合いがいるわけでもない。

勿論、知っている街も観光地もないし、そういうところへ行くのは、４人揃って、である。

なので、マイル以外の３人は港町や漁村で過ごしていたようであるが……。

「マイル、あんた、知り合いもいないし知ってる場所もないのに、いったいどこへ行ってたのよ！」

どうやら４人で過ごしたかったらしいレーナ、少し不機嫌そうである。

しかし、いくら仲良しでも、ずっと一緒というのは気が詰まる。たまにはひとりになりたい時もあるだろう。

メーヴィスとポーリンはそのあたりのことが分かっているようであるが、物心ついた頃からずっと父親とふたり一緒であり、その後も、ずっと『赤き稲妻』のみんなと一緒だったレーナは、ソロのハンターになって、初めての『孤独』というものを知った。

なので、再び手に入れた『孤独ではない日々』を、そして仲間達を失うことを異常に恐れ、警戒している。

そしてまた、自分と同じく家族を失い孤独であろうマイルがひとりになることも、とても気にしている。

……マイルも孤独を嫌がる傾向はあるが、レーナのそれは、些《いささ》か異常なほどである。

まぁ、レーナの経歴から、それも無理のないことではあるが……。

しかし、気になっていたことが1件片付き、鋼鉄船の船体の入手も目処《めど》が立ち、比較的近場で遠慮せずに工業製品を発注することができる便利な工房を確保できたこと。

そして色々と相談できる、ナノマシンに頼む時のように禁則事項だとか異世界の技術だとかいうことを気にする必要のない、この惑星に元々あった地元の技術を持つ機械知性体と良い関係を築けたことでマイルは少々浮かれており、レーナの言葉に、つい軽口を叩いてしまった。

……悪気なく、うっかりと……。

「レーナさん、私のお母《かあ》さんですかっ！」

「……」

「「…………」」

「「「…………………」」」

「マイル……」

「マイルちゃん……」

「「それは、ちょっと……」」

しまった、と思ったが、もう遅い。

「マアァ～イィィ～ルウゥ～……」

「ご、ごめんなさいぃぃ～～っ!!」

第百三十六章　プレートアーマー

「マイル、収納魔法で保管してもらっている私のお金、出してくれないか？」

「え？」

　メーヴィスの突然の言葉に、怪訝そうな顔をするマイル。

　メーヴィスが言っている『私のお金』というのは、この大陸に来てからみんなで稼いだお金のうちの自分の取り分、という意味ではなく、メーヴィスが自分の邸《やしき》を出る時に持ってきた、個人のお金のことである。

　勿論、ここに来てからみんなで稼いだお金もかなりの金額になっており、当然それを要求することも可能なのであるが、今回メーヴィスは、絶対安全な金庫としてマイルに預かってもらっている、自分の個人的なお金を使うつもりのようであった。

　メーヴィスも収納魔法を使えるようになったが、どうも本人としてはまだ自信がないのか、それとも『赤き誓い』は昔から全員がマイルを金庫代わりにしているからか、巾着袋に入れておく分以外はマイルの収納に、という習慣が抜けていないようである。

「……あ、勿論、構わないですよ。というか、私はただメーヴィスさんのお金を預かっているだけですからね。

で、いくら必要なんですか？」

「……金貨100枚くらいかな……」

「「「なっ!!」」」

金貨100枚といえば、この国での金銭感覚では、日本での1000万円に相当する。

その、あまりの額に、マイルだけでなく、レーナとポーリンも驚愕の声を漏らした。

……特に、ポーリンが。

「メ、メメメ、メーヴィス、な、ななな、何を……」

共有のパーティ予算ではなく、メーヴィスの個人資産だというのに、ポーリンの動揺が大きすぎる。

「いえ、ポーリンさん、それはメーヴィスさんの自由でしょう。

いつも無駄遣いをすることのないメーヴィスさんが、それだけのお金が必要だと判断されたということです。これは、私達が口出しすることじゃありませんよ。

……で、何に使うのですか？」

ポーリンには正論を吐いたくせに、興味津々《きょうみしんしん》のマイル、好奇心剝き出しである。

「……あ、ああ、実はプレートアーマーを買おうかと思って……」

「「「プレートアーマー？」」」

マイル達3人の声が揃った。

プレートアーマー。

全身鎧のことである。

フルプレートアーマーという言葉があるが、あれは比較的新しい造語であり、『プレートアーマー』というだけで、全身甲冑を意味する。

価格は高い。メチャ、高い。地球での価値でたとえるならば、自動車並みの金額である。

安物は一般的な普通乗用車並みの価格であるが、高級品はポルシェやフェラーリ並みである。

伯爵家の娘であるメーヴィスが身に付けるものであれば、金貨100枚なら安い方であろう。

「……実は、気付いたんだよ！　私、収納魔法が使えるようになっただろう？　なら、何の苦労もなくプレートアーマーを持ち運ぶことができる、ってことに!!」

「「……ケッ！」」

急に不機嫌になった、レーナとポーリン。

「騎士といえば、プレートアーマー！

だけど、ハンターは遠出するし、森や荒れ地、沼地や山岳部も移動する。そんなところに重い鎧を持って行くわけにはいかないし、装着に時間が掛かるし、ひとりじゃ着けられない。従者が、最低でもふたりは必要だ。

だから、せっかく御使い様《マイル》から聖騎士に任命されたけど、プレートアーマーのことは諦めていたんだ。しかし……」

「しかし？」

「気付いたんだよ！　収納魔法があれば、問題ないんじゃないか、って……」

「「「あ……」」」

「収納魔法を使えば、持ち運びは問題ない。そして、特定のポーズで、装着したままの状態で収納して、取り出す時に同じポーズを取っておけば……」

「「「あ…………」」」

メーヴィスが言わんとしていることを理解し、あんぐりと口をあけた、マイル達３人。

「そう！　以前マイルがポーリンで試そうとした、『防具マン』システムだよ！

あれからヒントを得たんだ！」

『防具マン』システム。

それは、以前マイルがみんなの防御力を上げようとして色々と考え、試行錯誤した研究成果のひとつである。

『防具・ゲット・オン！』の決め台詞と共に、マイルのアイテムボックスから取り出された防具が、まるで転送により装着されたかのように自動的に装備されるという、あの、画期的なシステム。

……ボツにされたが。

なぜあの時にポーリンで試したかというと、……マイルが『装着時に、胸が揺れないと！』とかいう、よく分からない謎の拘りを主張したからである。

そして、体力がなく運動神経が千切れていると言われているポーリンは、装着した防具の重さで、歩くどころか立つことすらできなかった。

プレートアーマーは、鎖帷子《チェーンメイル》と合わせて、軽いものでも30キロ近く、重いものだと40キロ以上ある。ポーリンには、絶対に無理であった。

それに、プレートアーマーには、『重い』、『高価』ということの他にも、多くの欠点がある。動きにくい。兜のため視界が悪い。蒸れて暑い。冬場は凍るように冷たい。転ぶと自力で起き上がるのに時間が掛かる。

……非力な者だと、自力では起き上がれなかったりする。そんな者が戦場で転べば、致命的である。

そして、輸送や装着に手間がかかる。

しかし、収納魔法により輸送と装着の手間が全くかからないとすれば？

戦闘開始の直前に、一瞬で装着。転んだら収納し、立ち上がってから再度装着。

戦う時だけの装着であれば、暑さや重さも、今のメーヴィスであれば耐えられる。

しかも、メーヴィスには体内のナノマシンを使った身体強化魔法（本人は、『気』の力だと認識している）である『真・神速剣』と、ミクロスによるドーピング、『ＥＸ・真・神速剣』がある上、ナノマシンによる人体強化処置済みである。

「……行ける、かも……」

マイル、メーヴィスの発想力に脱帽であった。

そして、収納魔法のあまりの便利さを再認識させられ、悔しさのあまり歯噛みする、レーナとポーリン。

ふたりも、毎晩訓練してはいるのである。

特に、亜空間を開き、物の出し入れができるところまで進んでいるポーリンは、もう少しなのであるが……。

そしてポーリンは、収納魔法のことだけではなく、金貨１００枚という大金を使うということに、他人のお金であり自分には関係ないにも拘わらず、なぜか酷く動揺するのであった……。

「……あ、でも、うまく行くかどうか、プレートアーマーを買う前に試験をしてみた方が……」

「「「確かに！」」」

＊　　＊　　＊

そういうわけで、近くの森で試験をすることになった、メーヴィス。

試験に使うのは、以前マイルが作って皆で装着試験を行った、あの『防具マン』である。

皆にボツにされ、マイルのアイテムボックスに死蔵されていたそれが、再び日の目を見ることに……。

収納魔法による装着試験に使われるだけであるが。

そして、メーヴィスがマイルから受け取った自分用の試作アーマー、『防具マン』を装着し、収納魔法による着脱用のポーズ……カッコ良さではなく、毎回確実に同じポーズが取れることを重視し、単純な姿勢を選んだ……を取り。

「除装《リリース》！」

しゅん！

防具が、一瞬で消えた。

「「「おおおおお！」」」

マイルだけでなく、レーナとポーリンも、称賛の表情でメーヴィスを見詰めている。

収納魔法のことは妬ましいが、メーヴィスがいつでも一瞬で頑丈なアーマーを着脱できるとなれば、『赤き誓い』の戦力が大幅に上昇する。

ここは、悔しいなどと言っている時ではなかった。

「凄いです、メーヴィスさん！」

マイルの称賛の言葉に、満面の笑みを浮かべるメーヴィス。

そして……。

「じゃあ、装着するよ」

そう言って、先程の除装時と同じポーズを取るメーヴィス。

「防具・ゲット・オン！」

どこん！

「ぐはぁ！」

現れた防具に弾き飛ばされて、地面に倒れるメーヴィス。

そしてその上に、かなりの重量がある、金属製の試作防具が……。

「ぐえっ！」

（ナノちゃん、これって……）

【マイル様のアイテムボックスは、異次元空間ですからね。次元の位相をずらして移動させますから、我々のアシストがあれば収納も装着も可能です。ちゃんと装着した時の形で収納されていれば……。

しかし、この世界のヒト種が使っております収納魔法は、異次元空間ではなく、ただの亜空間ですし、我々も出し入れの簡単な操作しかしておりません。

【ですから、収納時には剝《は》ぎ取るような形で収納できても、取り出す時には……】

（あちゃー……）

「……マ、マイル、防具を退《ど》けて……。そ、そして、治癒魔法を……。ほ、骨が折れたみたい……」

「あわわわわ！」

慌てて防具を収納し、メーヴィスに治癒魔法を掛けるマイル。

こうして、メーヴィスの野望は挫《くじ》かれ、プレートアーマー購入は断念されたのであった。

そして、自分のお金でもないのに、１００枚の金貨が使われることがなくなったことに、嬉しそうな様子のポーリンであった……。

第百三十七章　王都へ

「そろそろ、潮時かしらね……」

「そうですよね……」

「だよね……」

「……同じく、」

「「井坂十蔵！」」

「ああああっ、今、言おうとしてたのにいいぃ〜っ！」

せっかくのネタ台詞をみんなに先に言われ、ぷんすこのマイル。

「もう飽きたわよ、そのネタ。意味も分かんないし……」

「そろそろ、新しいネタに変えた方がいいんじゃないかな？」

「私達が出会った時から、ずっと使ってますよね、そのネタ。『どんな言葉でも、１００回繰り返せばギャグになる』とか何とか……。ウザいだけですよ」

「が〜ん……」

マイル、持ちネタに対するあまりの酷評に、大ヘコみである。

「まぁ、そんなことはどうでもいいわよ。話を戻すわよ」

「そ、そんなこと……。どうでもいい……」

「あ〜、ごめんごめん、悪かったわよ！　で、そろそろ潮時よね、この町に滞在するのも……」

「謝罪に、誠意が感じられないですよっ！」

「だ〜っ！　いい加減にしなさいよっ!!」

さすがのレーナも、いじけてウザ絡みするマイルに、業《ごう》を煮やして怒鳴りつけた。

メーヴィスとポーリンも、今回はレーナ側らしく、マイルに対するフォローがない。

「……話を続けるわよ。

この町に滞在することにした理由は、王都へ行く前にこの大陸のことを勉強して、田舎から出てきました、で通るくらいにはこのあたりの常識を身に付けることと、この辺りで使えるお金を手に入れること、そしてその後、地方から名を売りながら王都へ向かう、ということだったわよね。

そして、前のふたつは充分目的を達したし、最後のも、この町においてはたっぷりと名を上げたわよね。

もう、『地方から名を売りながら王都へ向かう』って段階に移行してもいいんじゃないかと思うのよ。ここではもう、これ以上面白い依頼は出てこないでしょ？」

「はい。言葉の違いも、田舎の方言、で通る程度ですからね。問題ありません」

マイルが言う通り、現代日本やアメリカ等においても、同じ国内であっても訛りがキツくて会話が成り立たないということはある。それに較べれば、旧大陸とここ、新大陸との言葉の違いは、多少の発音の違いや異なる単語があるものの、まだずっとマシな方であった。

「そうだね。マイルがよく使う言い回しだと、『この町から私達が学べるものは、もう何もないですね』とかいうやつだよね」

「はい。ならば……」

「「「いざ、王都へ!!」」」

＊　　＊

「……というわけで、王都へ向かいます」

「「「「えええええええええ～っっ!!」」」」

ハンターギルドに旅立ちの挨拶に来た『赤き誓い』が、ギルド職員や居合わせたハンター達にそう報告したところ……。

「ま、待って、待ってくださいぃ！　２階に、ギルドマスターのところへ～!!」

受付嬢さんに、蒼い顔でそう言われた。

＊　＊

「何だとおぉ!!」

逃げられないようにか、待たせておいてギルドマスターに報告を、というのではなく、そのまま2階のギルドマスターの執務室へ連れて行かれた、『赤き誓い』。

そして本人達の前で報告した受付嬢に、大声で叫ぶギルドマスター。

まぁ、概ね、予想通りである。

しかし……。

「……ああ、怒鳴ってスマン。

そうか、町を出ていくか……」

「「「「あれ？」」」」

「ん？　どうかしたか？」

ギルドマスターの様子に、怪訝そうな顔をした『赤き誓い』。

そしてそれを見たギルドマスターもまた、怪訝そうな顔をした。

「……あ、いえ、その……」

「俺がもっと慌てたり、引き留めたりすると思ったか？」

言い淀むメーヴィスに、苦笑しつつそう返すギルドマスター。

「あ、ハイ……」

「成長して、町を出て王都を目指す若手ハンターを何人見送ってきたと思ってるんだよ……。

そんなの、日常茶飯事だ。

そりゃ、最初は引き留めたさ。ハンターに新規登録しようっていう有望な新人を逃《のが》したとあっちゃあ、この支部の恥になるからな。それに、依頼の達成率がいい奴や、稼ぐ奴はありがたいからな。

でも、お前達はもうCランクの一人前だし、うちも商業ギルドも充分稼がせてもらった。

……そして、もうないんだろ？　お前達が受けたいような依頼が、この町には……」

「あ、はい……」

メーヴィスの返事に、肩を竦《すく》めるギルドマスター。

「そういうこった。

ハンターには、2種類の者がいる。自分と家族が食っていくための金を稼ぐのが目的の奴と、上を目指し、夢を追う奴だ。

前者はどこかの町に住み着いて、あまり危険が大きくない仕事を選び、堅実にやっていく。

この町にいる年配のハンターは、そういう奴らだ。

そして後者は、王都へ行くか、修行の旅に出る。

お前達がここに居着くと思っている奴なんざ、ひとりもいやしねぇよ。

……有望な若手が町を出ていくってぇのには、皆、慣れてるさ……」

「「「「…………」」」」

ギルドマスターは笑いながらそう言うが、その様子は、少し残念そうであり、そして寂しそうであった。

「……で、商業ギルドにはもう行ったのか？」

「いえ、これからです」

「あ〜〜。

ま、何を言われても、あまり気にすんなよ……」

「……え？　は、はい……」

＊　　＊

「「「「「えええええええええ〜っっ!!」」」」」

商業ギルドの受付嬢に町を出ることを伝えると、受付嬢だけでなく、それを聞いた他の職員や、居合わせた商人達から悲鳴のような声が上がった。

ハンターギルドでは、ハンター達も同業者であり仲間なので、ギルド職員だけでなく、居合わせた皆に対して報告した。

しかし商業ギルドでは、居合わせた商人達は自分達とは直接の関係はないため、受付嬢にだけ伝えたのであるが、この結果である。

どうやら、最近の大量納入が『赤き誓い』によるものだということが、既に広まっているようであった。

以前から『赤き誓い』に目を付けていた者がいたであろうし、先日の高級魚と海棲魔物《シーサーペント》の納入で完全にバレたのであろう。

……当たり前である。

いくら何でも、あそこまでやって金の亡者である商人達に気付かれないわけがなかった。


「……待って、待ってくださいぃ～～!!」

ハンターギルドとは違い、2階のギルドマスターの執務室へ連れて行かれるのではなく、知らせを受けたらしいギルドマスターが、そう叫びながら2階から駆け下りてきた。

40代後半くらいで、やや腹が出た、『割と成功した商人』タイプの男性である。

……というか、事実、典型的な『割と成功した商人』そのものであろう。

公正で、誠実で、ちょっぴり腹黒くて、能力がある。商業ギルドのギルドマスターは、そういう人物が就く役職である。

「行かないで！　行かないでくださいぃ!!」

……そして、階段を駆け下りた勢いのまま、レーナに縋《すが》り付いた。

どうやら、レーナがパーティリーダーだと思っているようである。

ハンターギルドと、あまりにも態度が違いすぎる。

そう思い、動揺する『赤き誓い』。


そして、ようやくハンターギルドのギルドマスターが言っていた、『何を言われても、あまり気にすんなよ』という言葉の意味を理解したのであった。

（（（あ……）））


そう。ハンターのために互助会的な役割を担う目的で設立されたハンターギルドは、確かに職員だけでなくハンター達も含めて手厚い福利厚生に努めるために、利益を必要とする。

しかしそれは、いくらでも無制限に儲けることを第一目標に、というわけではない。

あくまでも、ハンターを守り、皆の円滑な活動を支援するのが目的なのである。

だから、己の利益のためにハンターの行動を縛るようなことはない。

……しかし、商業ギルドの目的は、確かにハンターギルドと同じく加盟者である商人達の円滑な活動を支援することなのであるが、……その『商人達の活動』というのは、金儲けなのである。

だから、商業ギルドが『赤き誓い』に求めることは……。


「お願いですから、町を出ていかないでくださいいいぃ～～!!」

こうなるのであった……。


「抱き付くなあァ!!」

床に膝をついたギルドマスターに、腰のあたりに手を回すような形で抱き付かれ、必死に振りほどこうとするが、なかなか抜け出せないレーナ。

40代後半の、腹の出た男が10代の少女に抱き付くなど、事案発生である。

そして、それを心底嫌がり、必死に振り払おうとするレーナであるが、かなり強めに杖《スタッフ》でゴッツと頭を叩いても駄目である。

「このっ！　このっ！　……あ、そうだ！」

何やら名案が浮かんだらしく、にやりと笑うレーナ。

「私は、ただの平《ヒラ》メンバーよ、何の決定権もないわ。リーダーは、あっちの、メーヴィスよ！」

「……え？」

レーナの叫びに、声が揃ったギルドマスターとメーヴィス。

そして、ギルドマスターの縋るような目が、メーヴィスに向けられた。

「レ、レレレ、レーナ、そっ、それはないだろう……」

私を売ったな、と言わんばかりの、驚愕に大きく目を見開いたメーヴィスの顔。

そして、メーヴィスに向かって飛び掛かるギルドマスター。

レーナの杖と違い、さすがにメーヴィスは剣を使うわけにはいかない。

「くっ、来るなあぁ～～!!」

＊　＊

「……しっ、失礼いたしました……」

「本っ当に、失礼でしたね。人前で女性に抱き付くなんて……。

いえ、人前でなければ抱き付いてもいいというわけじゃありませんけど……」

抱き付かれた当事者が言うと角が立つからか、ポーリンが言葉を返したのであるが……、あまり変わらなかった。

しかしそれでも、かなり怒っているらしきレーナとメーヴィスよりはマシであろう。

レーナはともかく、珍しいことに、あの温厚なメーヴィスまでもが、かなり怒っているのである。

メーヴィスは独身の貴族の女性なので、もしあれが家族の前とかであれば、怒り狂った父親と兄達によってギルドマスターはその場で斬り捨てられていたであろう。

……貴族の女性に対するあのような行為は、それだけの暴挙であった。

勿論、相手が貴族ではなく平民であれば構わない、というわけではないが……。

そして、相手が商業ギルドの職員であれば、パワハラ、セクハラとしてギルド内部の問題となるが、『赤き誓い』はハンターであり、そしてハンターギルドを通さずに直接商業ギルドに納品したこともある『お客様』であり、取引相手である。

そのあたりをじっくりと責め立てるポーリン。

「すっ、すみませんでしたぁ～!!」

「じゃあ、誠意を見せてもらいましょう……、って、違いますよっ！　今日は取引に来たんじゃないですから、マウントを取って優位に立つ必要はないのでした！」

ポーリンのその言葉に、何じゃそりゃあ、と思う者と、ほほぅ、と感心する者とに分かれた、居合わせた商人達。

しかし、ギルドマスターの醜態は、商業ギルドと、自分達、この町の商人のために必死になってくれた結果である。

なので、それを笑う者はいない。逆に、皆の利益のために自分の子供くらいの年齢の小娘達に頭を下げられるギルドマスターは、皆からの評価と信頼を大きく上げることとなった。

だが、当のギルドマスター自身は、皆の前で醜態を晒すくらいならば、自分の部屋に呼んだ方が良かった、と後悔していた。

どうやら、ギルドマスターが『赤き誓い』を自室に呼ばず自分の方からやってきたのは、作戦のひとつであったらしい。

自室であれば自分ひとりで説得しなければならないが、ここであれば、他の職員や居合わせた商人達も味方してくれる。そう考えたわけであろう。

まあ、その考えは間違ってはいないが、上を目指す若手ハンターが、自分が所属しているわけでもない組織からの営利目的での要望や、金儲けが理由で縋《すが》る無関係の商人達のために夢を諦め、将来を棒に振ることを良しとするかどうかとは、無関係である。

その後、ギルドマスターだけでなく、職員や商人達にも散々縋り付かれた『赤き誓い』であるが、勿論、それくらいのことで絆《ほだ》されることはない。

これが子供の命がかかっているとかであれば話は違うが、今回かかっているのは、商人達の金銭欲だけである。

今はもう『商家の娘』ではなく一人前の商会主となっているポーリンだけは、商人達の気持ちがよく理解できた。

……しかし、勿論、他人が儲けるために自分達が不利益を被ることなどポーリンにとっては問題外なので、何らの配慮をすることもなかったのであるが……。

なので、それらを一蹴して、商業ギルドを後にした『赤き誓い』。

＊　＊

そしてその後、馴染みとなった食堂や食材店、鍛冶屋等に挨拶し、別れを惜しんだ後……。

「じゃあ、回り道して漁村に寄って、大量の海産物を仕入れてから、王都に向かいましょう。別に急ぐ旅じゃありませんから、途中で面白そうな依頼を受けながら、ゆっくり、のんびりと……」

「「「おおっ！」」」

マイルの言葉に威勢良く応えるレーナ達であるが、地方都市から王都へと向かう道中で、そんなに面白い依頼があるとは思えない。

しかし、いくら確率が低くとも、期待するのは、本人達の自由である。

＊　＊

「「「「**えええええええ!!**」」」」

久し振りにやってきた『赤き誓い』を大歓迎してくれた漁村の人々であるが、王都へ移動すると聞いて、皆、悲嘆に暮れた。

昔から、たまに魚介類が大好きだというハンターが現れ、しょっちゅう漁村にやってくることはあった。そして、その後どこかへと去って行くことも……。

勿論、その中には去って行ったのではなく、ただ単に二度と来られなくなったという者も含まれるが……。

なので、村人達もハンターとの別れというものには慣れている。もう、何十年もここで暮らしているのだから……。

しかし、『赤き誓い』の場合は、違う。

大漁と、憎き海棲魔物《シーサーペント》に一矢報《むく》いたという証である凱旋旗を掲げるという栄誉をもたらしてくれた、少し発音と言葉遣いがおかしい、田舎出らしき4人の少女達。

彼女達さえいれば、また、あの輝かしき外海殴り込みの日が……。

そう考えていた村人達、特に老人達の落胆は大きかった。

だがそれも、マイルがレーナ達の目を盗んでこっそりと、そのうちまた自分だけで来ること、そして将来的には自分がいなくても大丈夫なようにと鋼鉄船の船体を用意するつもりであること……但し、帆柱や帆布による帆装を含めた艤装は村人達でやること……、そしてそれらのことは『赤き誓い』の他のメンバーには内緒にすること、と伝えたことによって復活、……いや、最初より盛り上がり始めた。

それも無理はない。

望んではいたけれど、『赤き誓い』が再び力を貸してくれるかどうかは分からなかったのである。

それが今、次回があることがほぼ確約されたのである。

そして急に元気になった村人達に、不思議そうな顔をするレーナ達であった。

「……それで、王都へと向かうのですが、できる限りたくさんの海産物を買い取りたいんです。魚、貝、海藻類、ナマコやタコ、イカ、何でも買いますよ！」

「「「「「え……」」」」」

驚きに目を剝く村人達であるが、マイルの収納魔法の馬鹿容量は皆知っているし、あの4人の老人達は、おそらくその中では鮮度が保たれるであろうと推察しているだろう。決してそれを口外することはないだろうが……。

なので……。

「今ある分じゃあ、とても足りねぇ。今から全力で出漁して、今日の夕まずめと明日の朝まずめで掻き集める。女子衆《おなごしゅう》と子供達には、貝と海藻を集めさせる。

……というわけで、今日は泊まってけ！　勿論、夜は送別会で、宴会だ！」

「「「は、はァ……」」」

それは仕方ない。

いくら漁村だといっても、生ものの保存技術もないのに、常時大量の魚介類を用意しているわけがなかった。大量購入であれば、数日前に発注しておくべきである。

「……あ、魚は、前回獲ったやつじゃなくて、別の種類のとか、もっと小さいやつとか、前のと被《かぶ》らないのでお願いします」

「「「「…………」」」」

いくら4人の老漁師達には察せられているであろうとはいえ、今のマイルの発言はマズかった。

それは、マイルが自分達の取り分の大半をまだ売らずに収納の中に残しているということであり、……そして、その魚達は殆ど傷んでいないということなのだから……。

今、マイルはそのことを、村人全員の前で断言してしまったわけである。

(((マズい！)))

一瞬焦った、レーナ達であるが……。

「では、皆の衆、準備に掛かるぞい！」

「「「「「おお〜っ!!」」」」」

(((…………あれ？)))

村人達の態度は、全く変わらなかった。

それも無理はない。あの膨大な量の魚と海棲魔物《シーサーペント》を取り出すのを見た時点で、マイルの収納が規格外であるということは村人全員が知っていた。

そこに多少オマケが付いたところで、殆ど変わらない。

500億円の財産を持つ大金持ちだと思っていた人物の財産が、実は600億円だったと聞いても、ああそう、以外の感想が浮かばないのと同じである。

誤差の範囲内。常識を超えた、『それ以上』というカテゴリーなので、その枠には上限がない。

ハンターの、Sランクと同じである。『それ以上』を表す概念がない。

それに、漁村の者達もハンターの禁忌事項くらいは知っているし、恩人を裏切るような村人はいないであろう。

特に、秘密を漏らせばもう二度とここへは来てくれないであろうと分かっている場合には……。

そう、何も問題はなかった。

何も……。

＊　　＊

「では、お世話になりました」

メーヴィスが皆を代表してお礼の言葉を述べ、村人達に見送られて旅立つ、『赤き誓い』。

マイルのアイテムボックスには、前回獲らなかった50センチ以下の魚とか、様々な種類の貝や海藻、イカやタコ等が収納されている。

イカやタコは港町に持って行っても売れないらしく、漁師達に感謝された。

ナマコも獲ってくれ、と言われた時には、さすがに村人達もどん引きであったが……。

とにかく、これで沿岸部を離れ内陸部へと向かっても、当分は大丈夫である。

まぁ、もし足りなくなれば、またマイルが重力制御魔法《ケイバーライト》で水平方向に落下して、ここへ買い出しに来れば済む話である。

「いよいよ、王都へ向かって、旅立ちですよね……」

「私達の、新たなる伝説の始まりよ！　この大陸でも、Sランクを目指して名を上げるわよ!!」

そんなことを言う、レーナであるが……。

「……いや、そうなると、また居場所がなくなっちゃうのでは？」

「「「あ……」」」

メーヴィスの指摘に、言葉を詰まらせるレーナ達、３人。

「た、確かに……」

「で、でも、活躍はしたいです……。カッコいいとこを子供達に見せて、モテモテになりたいです……」

「お金を儲けたいです……」

そして、欲望ダダ漏れの、マイルとポーリン。

レーナは、『有名になって自伝を出し、「赤き稲妻」の名を歴史に残す』という夢を既に叶えている。

メーヴィスも、『騎士になる』どころか、誰ひとりとして為し得なかった、『御使い様から直々に、聖騎士に任じられる』という、騎士としての最高峰の栄誉と称号を得ている。

……それに、『女伯爵』という身分や、『救国の大英雄』という立場も、ただの騎士よりは遥かに上である。今更、身分や立場、称号とかを欲しがるようなことはない。

なので、呆《あき》れたような顔でマイルとポーリンを見る、レーナとメーヴィスであった……。

そんなわけで、とにかく王都を目指す、『赤き誓い』の４人。

王都行きの駅馬車も出ているが、他の客も乗っている駅馬車だと４人でずっと喋っているわけにはいかないし、このメンバーが喋る話の内容は、他の者に聞かれるとマズいネタが多すぎる。

それに、馬車に乗っているだけで王都へ、というのでは、つまらない。

やはり冒険の旅は徒歩で、色々なことをこの目、この耳で見聞きし、そして事件に巻き込まれねば面白くない、というのが、『赤き誓い』のポリシーであった。

「……徒歩での移動は、疲れますけどね……」

そのポリシーには賛成なのであるが、やはりポーリンには、体力的にキツいようであった。

荷物の大半をマイルの収納《アイテムボックス》に入れていて、これである。

普通に、自分の荷物を全て背負っていたとしたら……。

しかし、馬車であっても、舗装されているわけではない街道を走るのはお尻と内臓にクる。

サスペンションがなく、座席にも碌《ろく》なクッションがない駅馬車は、ポーリンにとってはかなりの苦行なのである。

ポーリン、旅にはとことん向いていないようであった。

「人力車を作って、ポーリンさんを乗せて私が牽《ひ》きましょうか？」

「そんな恥ずかしい姿、衆目《しゅうもく》に晒せるもんですかっ！」

マイルの提案を拒否する、ポーリン。

さすがのポーリンも、金儲けに関することであればともかく、そういう方面での『恥ずかしい』という概念は持っていたようである。

＊　＊

「いよいよ、明日の夕方には王都に着きますね。今日は、王都入り前の最後の夜ですから、夜営じゃなくて、ちゃんと宿屋に泊まりましょう！」

「あ〜、まぁ、宿屋で他の宿泊客から王都の最新情報を事前に入手しておくのも、悪くはないわね。反対方向へと進む客は、前日までの王都のことを知っているわけだから……。エールの1杯でも奢ってやれば、話くらい聞かせてくれるでしょ。マイルの案を採用するわよ。それでいい？」

「私も賛成だ」

「私もです……」

全員の意見が揃い、王都まであと1日、という町で宿屋に泊まることにした、『赤き誓い』。

……港町からここまでの旅のエピソードは、省略である。

依頼を受けたり、マイルが猫を追いかけたり、受付カウンターに幼女が座っている宿屋を探したりと、いつもと変わらない、『赤き誓い』にとってはありふれた日々だったので……。

「じゃあ、とりあえずギルドへ行くわよ」

町に着いたのは、夕方近かった。なので依頼を受けるつもりなどなく、ただ単に情報ボードと依頼ボードを確認し、王都近くの町でのハンター関連の状況を確認しようと考えているだけである。

……そして、明日はそのまま王都へと向かう。

この町は、王都から徒歩で1日の場所にある。

ならば発展した大きな町かというと、そうではない。

王都に近すぎるからである。

すぐ近くに、発展し物量に溢れた王都があるというのに、人々、特に若者達が、この町に住み続けたいと考えるとでも？

これが、移動に徒歩で1カ月かかるとかいうならば、話は違うであろう。

往復で2カ月。長旅は危険であるし、お金もかかる。仕事の方も、そんなに長期間は休めない。

……そうなると、家族とは二度と会えなくなる確率が高い。

しかし、徒歩で1日ならば、3日程休みを取れば気軽に帰省できる。

これでは、家族や親戚達が、若者が町を出ることを引き留められない。

『いつでも、すぐに帰れるじゃないか』と言われれば、強く止めることができないからである。

その結果、王都からもっと遠い町よりも若者が少なく、過疎化が進んでいるという、町の者達にとっては頭の痛い状態となっている。

商店も、食材や安い消耗品以外は王都へ買い出しに行った方が品数が豊富であり値段も安いため、大きな店は少ない。

そして勿論、ハンターギルドへの依頼は、簡単で依頼料の安いものを除き、ハンター達が望む本格的で高報酬のものの大半は、この町ではなく、王都のギルド支部へと持ち込まれる。

腕の良いベテランハンターだけでなく、駆け出しから安定志向の慎重派、夢を追う若者とかも、皆、その多くが王都支部に所属している。なので、依頼の受け手が多く、この町より安い依頼料で、能力が高い者が受けてくれるとあっては、それも当然であろう。

そのため、この町で発注される依頼は、雑用や畑を荒らす害獣駆除等の、王都からの往復2日分の日当込みの報酬額を払うよりは地元のハンターに頼んだ方が安上がり、というようなものだけである。

……少なくとも、オーガの群れの討伐とか、ゴブリンの巣の殲滅とかの依頼が出されることは絶対にない。

そういうのは、王都からベテランパーティ数組が合同受注でやってくるし、そもそもそういう依頼は個人やこの町から出されるのではなく、王宮から出されるか、ハンターギルドではなく領軍か王都軍の兵士が担当するものである。

……そして、宿を取る前に、ハンターギルド支部へとやってきた『赤き誓い』。

夕方なので、依頼の完了報告や採取物の納入とかで、窓口が混み始める時間帯である。

修行の旅とかいうわけではないので、入る時に大声で挨拶の口上を述べたりはしない。

ドアベルの音があまり大きく鳴らないように、そっとドアを開けて、するりと中へ滑り込む。

目立ちたくない時のために会得した技である。若手の女性パーティは皆、こういうテクニックを身に付けている。

中に入ると、そのまま真っ直ぐ情報ボードと依頼ボードの方へと向かう、『赤き誓い』。

そして、皆でじっくりとボードを確認していると……。

「遅いですわよ！　待ちくたびれましたわよっ！」

「途中の町で依頼を受けて街道から離れていたり、裏道を使ったりしていてすれ違う可能性がありましたから、動かずにこの町で待っていたのですが……」

「いったい、どこで道草食っていたんですかっ！」

「えええ！　マ、マルセラさん、オリアーナさん、……そして、モニカさん!!

ど、どうしてここに！」

そう。マイル、久し振りの、『ワンダースリー』との再会であった……。

第百三十八章　再　会

「えええええ！　ケラゴンさんに乗せてもらって、空を飛んできたあぁ～？」

あの後、『ワンダースリー』が泊まっている宿へ行き、自分達も部屋を取った『赤き誓い』。

そして1階の食堂で食事を摂った後、『ワンダースリー』の部屋に集まって、マイルがアイテムボックスから出した紅茶を飲みながら話を始めた、両パーティ。

食事中は、他の客達がいたため、『ワンダースリー』が自分達が知っている範囲で王都の状況についての当たり障《さわ》りのない話をしただけである。

なので、今からが本題であった。

「ど、どうしてそんなことに？　そもそも、なぜマルセラさん達がケラゴンさんとお友達なんですか？　さ、最初から説明してください！」

……そして、そもそもの発端《ほったん》から説明してくれた、マルセラ達。

「なっ、ななな……」

愕然、呆然のマイル。

マイル００１のことは、『魔法の国から来た妖精が、マイルの姿に変身したもの』と説明され、マイルの光学迷彩や光学変装に慣れている『赤き誓い』のメンバーには違和感なく理解された。

その他のことは、マイルが自分やナノマシンのことについては『赤き誓い』と『ワンダースリー』のみんなには概ね同レベルの説明をしていたため、大きな齟齬《そご》はなく説明が進んだ。

しかし……。

「「「収納魔法で大陸間を瞬間移動？」」」

淑女呆然《レディー・ボーゼン》。

「……な、ななな……、何ですか、それはあああぁっっ!!」

「どうしてマイルがそんなに驚いてるんだよ……」

メーヴィスにそう突っ込まれたが、驚くのも無理はない。

それはマイルが教えたことではないし、それどころか、マイルには思い付くこともできなかったことである。

3人のアイテムボックスを共用にしたのは、ナノマシンに無理を言って権限レベルが1であったマルセラ達3人にアイテムボックスが使えるようお願いするのに気が引けて、それぞれ別個に専用の異次元世界を探して用意したり、管理のための専属ナノマシンを配置したりしてもらうのは申し訳ないと思ったマイルが、ナノマシン達の省力化のために『3人でひとつのアイテムボックスを共用する』という案を提示しただけなのである。

　まさかそれが、このような結果を招くとは……。

　そしてレーナとポーリンが、口から魂をはみ出させて、白目を剝いていた。

「「…………」」

　どうやら、マイルを超える収納魔法使いとなったらしい『ワンダースリー』の３人に、精神が耐えきれなかったようである。

　マルセラ達は、マイルが『赤き誓い』のメンバーにはアイテムボックスのことをあまり詳しくは教えておらず、『容量が非常に大きく、中のものが劣化しない、特殊な収納魔法である』としか説明していないことを知っており、以前マイルから口止めされていたということもあり、そのあたりはうまく誤魔化して説明していた。

　なので、自分達も王女達も、収納魔法はマイルからヒントを貰い、あとは特訓によって独力で身に付けたと説明し、自分達の努力が足りなかったから、３人で協力してひとつの収納空間を維持するのがやっと、というような説明を行った。

　また、話の最初にうまく枕を振って、レーナとポーリンが収納魔法を会得していないことを確認していたため、そのあたりも配慮して説明したのである。

『ワンダースリー』の３人は、メーヴィスが独力で収納魔法を会得していることには、驚愕していた。

マルセラ達も、ただマイルのおかげでズルをしているだけであり、独力で収納魔法を会得したというわけではない。

なので、魔術師ではないメーヴィスの快挙に驚き、心から称讃と尊敬の言葉を贈った。

……そして、レーナとポーリンのショックは大きかったようである。

これが、収納魔法を会得したのがマルセラひとりであったなら、悔しくはあっても、そこまで精神的ダメージは受けなかったかもしれない。

……しかし、『ワンダースリー』の3人全員が。

そして、それだけではなく、碌な修行もせずに甘やかされて育った（とレーナとポーリンが勝手に思い込んでいる）王女達が、ふたりとも。

更に、自分のパーティ内では、魔術師ではなく、碌に魔法が使えないはずの剣士メーヴィスが簡単に会得している。

これでは、収納魔法など素人でも簡単に会得できて当然、と言われたも同然である。

そして、かなり以前から、毎日寝る前に必死で練習しているというのに、ポーリンのレベルにすら達していない、『魔法の天才』を自称しているレーナ。

魔術師として、そして商人として、絶対に収納魔法を会得してみせると仲間達に向かって大見得を切ったポーリン。

……これは厳しい。

羞恥心、敗北感、自己嫌悪、その他諸々で、頭の中が真っ白になっても仕方ないであろう。

レーナより僅かに練習の成果が上回っているポーリンにしても、まだまだ到底『収納魔法使い』と名乗れるようなレベルではないため、レーナと同じである。

ふたりは、なかなか再起動しそうになかった……。

＊　＊

レーナとポーリンは、先程ようやく正気を取り戻し、マイルが出した紅茶を飲んで気を落ち着けているところである。カップを持つ手が、まだぷるぷると震えているが……。

そしてふたりの意識が飛んでいる間に、マイルがこの大陸に来てからの自分達の行動をマルセラ達に話し、相変わらずのやらかし振りに、3人に呆れられていた。

「……アデルさ……、いえ、マイルさんの手綱《たづな》を取るのは、『赤き誓い』の皆様には荷が重いようですわね。

やはりマイルさんには、マイルさんの全てを理解しております、私達、『幼馴染み3人組』が付いていなければならないようですわね……」

「「「なっ！」」」

マルセラの突然の爆弾発言に、メーヴィスだけでなく、先程まで少しピヨっていたレーナとポーリンも、思わず顔を引《ひ》き攣《つ》らせた。

「お、幼馴染みって、あんた達、ただの学園でのクラスメイトじゃないの！　それまでは会ったこともなかったんじゃないの！

それに、あんた達が幼馴染みなら、私達も同じじゃないの!!」

レーナがそう吠《ほ》えるが……。

「ええ、マイルさんと初めてお会いしましたのは、私達が学園に入学しました、10歳の時ですわね……。

10歳で同じ学園の生徒でしたから、充分『幼馴染み』と言えるのではありませんこと？

それに対して『赤き誓い』の皆さんは、マイルさんと出会った時にはレーナさんとメーヴィスさんは既に15歳以上で成人されていたそうですし、出会いの場もハンター養成学校、つまり職業訓練所のようなところであり、それはもう学生ではなく社会人ですわよね。

とても『幼馴染み』と言えるようなものではありませんわよ……」

「「「ぐっ……」」」

劣勢の、レーナ達。

ポンポンと言い合うなら、感情任せのレーナより冷静にたたみ掛けるマルセラ。

論理的にやり込めるなら、商売特化のポーリンより広範な知識を持つオリアーナ。

口論では、レーナ達の方が不利であった。

……ちなみに、メーヴィスとモニカは戦力外である。

「……いえ、別に『赤き誓い』の皆さんからアデ……マイルさんを奪おうなどとは思っておりませんわよ。

そんなことをしたのが向こうの大陸の人達にバレたら、どうなると考えていらっしゃいますの？」

「「「あ……」」」

「そうですわよ！　救国の４英雄、御使い様と聖騎士、大聖女、大魔導師の４人を引き裂いて御使い様を奪い取った、世紀の大悪党になってしまいますわよ、私達！

……まあ、マイルさんをブランデル王国に連れ帰れば、国内でのみは絶賛されるでしょうけど、一歩国を出れば、神敵扱いでマイルさんの狂信者達に命を狙われるかも……、いえ、確実に狙われますわよ!!」

「「「…………」」」

……あり得る。

そう思い、無言になる『赤き誓い』の４人。

「それに、皆さん、もしマイルさんから離れても、国元に帰っておとなしく領地経営をする気なんかないのでしょう？　皆さんのことを知る者が誰もいないこの大陸で、『私が考えた、楽しい理想のハンター生活』を送るおつもりですわよね？

……そして勿論、マイルさんと別れるつもりなど皆無なのでしょう？」

「「「…………」」」

マルセラの言葉に一切反論できず、何も言えない『赤き誓い』の4人。

「……じゃあ、どうしてマルセラさん達は、この大陸へ……」

至極尤もな疑問を口にした、マイルであるが……。

「そんなの、マイルさんのことが心配だからに決まっていますわよ！」

マルセラの言葉に、こくこくと頷く、モニカとオリアーナ。

「え……」

そして、じんわりと目尻に涙を浮かべるマイルであるが……。

「そんなの、この連中も領主の仕事とか殺到する縁談とかが嫌になって逃げてきたに決まってるわよ！」

「「「うっ……」」」

レーナの指摘に、眼を泳がせるマルセラ達。

どうやら、図星のようであった。

「その歳で、事務仕事に追われたり政略結婚の餌食になったりするのを嫌がらない女性は少ないわよ。それも、楽しい自由な生活を知っていて、オマケに自分達だけで暮らせる能力を持っている女性だと、特にね」

「「「あ～……」」」

レーナの説明に、納得の声を漏らすマイル達。

そもそも、自分達がそうなのである。納得するに決まっている。

オマケに、マルセラ達はマイルと同年齢である。

……つまり、メーヴィスどころか、レーナやポーリンよりも年下ということである。

「じゃあ、皆さんはこれからどうされるのですか？」

マイルの問いに、マルセラが胸を張って答えた。

「マイルさんと一緒に、面白おかしくこの大陸を旅して廻りますわ！」

「「「さっきと、言ってることが違うっっ!!」」」

そして当然のことながら、レーナ、メーヴィス、ポーリンの３人から怒鳴りつけられたのであった……。

＊　　＊

「し～っ！　宿の人か他の宿泊客に怒鳴り込まれますよっ!!」

「「「あ……」」」

そう言って叱るマイルであるが、今回は普通に話すだけだと思い遮音結界を張らなかったマイルの大失敗である。

慌てて結界を張ったので、この後はいくら叫んでも問題ない。

「い、いえ、別にマイルさんをあなた達から奪おうなどとは考えていませんわよ。ただ、私達もマイルさんと一緒に、と思っているだけですわ」

「「「…………」」」

マルセラの説明に、黙り込むレーナ達3人。

マイルは、嬉しそうな顔をしているが……。

「7人じゃあ、パーティとしては多すぎるわよ！」

「魔術師5人に、剣士ひとりと、魔法剣士ひとり……。バランスが悪すぎるよ……」

「商人ふたり、そして全員が貴族……」

ポーリンがそんなことを呟《つぶや》いたが、モニカは商家の娘であるものの、別に商人だというわけではない。

そして、モニカとオリアーナは女準男爵《バロネテス》であり、それは世襲称号ではあるが貴族ではなく、身分は平民のままである。

まあ、『平民の中では最も貴族に近い身分』ではあるが……。

それに、貴族である他の者達も、この大陸の者が誰も知らない遠国での身分など、ここでは何の意味もないであろう。

……とにかく、レーナ達3人が言っていることは、全てその通りであった。

そして、それに反論できず、黙り込む『ワンダースリー』……、と思われたが……。

「クランですわ」

「「「え？」」」


クラン。

それは、『氏族』という意味の言葉を語源としたものである。

ハンターの間では、それは複数のパーティが集まったものを意味する。

普段は各パーティごとに活動するが、大きな依頼の時には複数のパーティが合同で受けたり、緊急事態……魔物の暴走《スタンピード》が発生しそうな時とか、権力者から理不尽な強要が行われた時とか……には、クランに所属する全パーティが力を合わせて全力で立ち向かったりする。

また、平時においては、情報の交換、パーティ間の交流、パーティ対抗の模擬戦、資金面や人材面での支援とかの、様々なメリットがある。

……勿論、資金を貸し付けたパーティが全滅して貸し金が回収できなくなったり、加盟パーティから犯罪者が出てクラン全体の信用が失墜したり、他のパーティを騙す者、良い人材の引き抜き、パーティ間の男女関係の縺《もつ》れ等、デメリットもある。

しかし、デメリットの多くは、クランに加入していなくともパーティ内とか他のパーティとの間とかで普通に起こるものであるから、そのあたりについてはあまり気にしない者が多い。

「『赤き誓い』と私達『ワンダースリー』は、クランとして一緒に活動してはどうかと考えておりますの。

いつもべったりと一緒ではなく、姉妹パーティとして仲良くして、普段はそれぞれのパーティとして活動しますが、大きな依頼の時には合同受注したり、時には戦力を融通し合ったり……」

「「「「あ……」」」」

マルセラからの、いや、『ワンダースリー』からの提案に、眼を見開く『赤き誓い』の4人。

「そして先程お話ししましたが、私達と組めば『王女転移システム』と、『ワンダースリー転移システム』が利用できますわよ。

『王女転移システム』で私達のうちのひとりが旧大陸に転移しますと、あとは両王女に知られることなく、皆さんをいつでも両大陸を行き来させて差し上げられますわよ。

一度私達全員がどちらかの大陸に集まりますと、次はまた王女達を介する必要がありますけれど、それは元々そういうシステムであることを王女達に説明してありますから……、といいますか、そのために王女達に共用の収納魔法を与えたのですから、それをどうこう言われることはありませんわ。

救国の大英雄である皆さんのことさえ知られなければ、何の問題もありませんわよね。

そして皆さんは、比較的気軽に御家族のところに顔を出せるというわけですわ」

「「「……」」」

レーナとマイルには、家族がいない。

しかしそれでも、お世話になった人達や、会いたい人達はいるし、領地のこともある。

家族がいるメーヴィスとポーリンは、尚更である。

ケラゴンに頼めば帰省はできるが、そうしょっちゅう頼むのも申し訳ないし、移動には時間が掛かる。

……だが、マルセラ達が開発した、『収納魔法転移』を使えば……。

「「「…………」」」

その、あまりにも魅力的な提案と、そしてあまりにも凄まじい、手に入れた能力に対する『ワンダースリー』の応用力に、言葉もない『赤き誓い』の４人であった……。

第百三十九章　クラン

「な、なる程……。そうすれば、レニーちゃんのところに気軽に顔を出せるし、マレエットちゃんが意に染まぬ婚約を強制されたりしないように見張ることもできますね……」

マイルはまだ、マレエットちゃんがその対策としてマイル００１に相談に来たことを知らない。

マルセラ達はそのことを知っているが、喫緊の用件ではないため、まだその件については話していなかったのである。

「そうすると、旧大陸《むこう》での移動手段が弱いですよねぇ……」

「え？　どういうことよ？」

マイルの呟きに、疑問の声を掛けるレーナ。

「あ、いえ、大陸間を一瞬で移動できても、その後、転移先であるブランデル王国の王都からティルス王国の王都や皆さんの領地、御実家等に移動するのに、それぞれかなりの日数が掛かりますよね？

それって、何だか時間を無駄にするみたいで、嫌というか、負けたような気分というか……」

「「「あ〜……」」」

『ワンダースリー』の3人は、ブランデル王国の王都に転移すれば、皆、実家まではそう遠いわけではない。

マルセラは、自分や親の領地までは数日掛かるが、王都には実家の王都邸がある。

実家も男爵から子爵に陞爵《しょうしゃく》したし、マルセラが自分だけの王都邸を用意する必要はないと判断したため、実家とマルセラの両方の子爵家王都邸を兼ねた、そこそこ立派な物件を確保したのである。

子爵になっても貧乏性が抜けないマルセラ一家であるが、さすがに子爵家としての体面を保つ必要性は理解していたようである。

オリアーナは実家がある村まで定期馬車で数日だし、モニカの実家である商家はマルセラの実家、つまり親の領地にある。

それらは、全て王都から数日で行ける距離である。

……しかし、『赤き誓い』の方は、そうではない。

ティルス王国の王都を中心として、各方面に散った場所にある、それぞれの領地。

国の端《はじ》っこにある、マイルの神殿と領地。ブランデル王国にあるアスカム侯爵領（旧アスカム子爵領）。

旅の途中で仲良くなった、『女神のしもべ』や各地の知り合い達。面倒を見た各地の孤児院。

『赤き誓い』の4人は、旧大陸に戻った時に顔を出したい場所が多く、そしてそれらの距離が離れすぎていた。

なので、せっかく大陸間を一瞬で移動できても、『ワンダースリー』の転移先がブランデル王国の王宮内、モレーナ第三王女の部屋に限定される以上、旧大陸《むこう》での移動に時間が掛かりすぎるのである。

勿論、『ワンダースリー』によってマイル達が転移するのは、ひとりかふたりだけで『王女転移システム』により転移した『ワンダースリー』のメンバーが王宮から出てからこっそりと、ではあるが……。

「う～ん、何かいい案はないかなぁ……」

マイルが思い付く『速く移動できる手段』は、ないわけではなかった。

空を飛ぶ。

クルマを作る。

……ナノマシンは『禁則事項です！』と言うであろうが、『ゆっくり歩く者《スロー・ウォーカー》』に頼めば、禁則事項など関係なく、乗り物を製造してくれるはずである。

既に、金属等は地下鉱脈から採掘して製錬しているであろうから、以前のように金属不足で困っているということはないはずである。

（でも、街道をクルマで飛ばして、というわけにはいかないよねぇ……。飛行機は、滑走路がないし……）

『ゆっくり歩く者《スロー・ウォーカー》』が作る飛行機械には滑走路など必要ないであろうが、つい前世での感覚で、そう考えてしまったマイル。

そしてマイルは乗り物案を断念したが、この世界でそんなものが人目に触れれば大騒ぎになるので、当たり前である。……滑走路が必要かどうかとは関係なく。

「ケラゴンさんに頼むのも、たまにタクシー代わりを頼むのはともかく、お抱え運転手みたいにしょっちゅうお願いするのは、さすがに申し訳ないよねぇ……」

普通、古竜をアッシー君として使う人間は存在しない。

マイルが『水平方向に落ちて』先行し、他の者は共用のアイテムボックスを付与して、というのも、マイルが『赤き誓い』のメンバーにはマルセラ達のようなズルはさせずにちゃんと独力で正規の収納魔法を会得させせようとしているため、ボツである。

「乙女の時間は短いのです、移動で無駄に日数を費《つい》やすことはできません！

ああ、どうすれば……」

頭を抱えて悩む、マイル。

「馬車や馬は、今の私達なら購入費や維持費は大した問題じゃないけれど、使う機会が少ないからずっと牧場に預けっぱなし、というのは、馬に申し訳ないからねぇ。

馬も、仕事もせずにずっと牧場でゴロゴロして一生を終えるために生まれてきたわけじゃないのだから……」

「いえ、それ、馬にとってはメチャクチャ幸せな一生なのでは……」

「確かに……」

メーヴィス、皆に自分の考えを完全否定され、さすがに少しムッとしているようである。

「スカベンジャーに輿《こし》を担いでもらい、あの高速シャカシャカ歩きで街道をばく進……」

「「却下！」」

目立ちすぎるし、恥ずかしすぎるし、ハンターや兵士達が『少女が魔物に攫われている』と勘違いして斬り掛かってきそうである。

「マイルさん、それはまた後で、皆さんだけで御相談くださいな……」

「……あ、ごめんなさい……」

完全に話が脱線して本題が全然進まないため、さすがにマルセラから物言いが付いた。

「とにかく、クランの件、お考えくださいな。悪い話ではないと思いますわよ」

「「「…………」」」

確かに、マルセラが言う通りではある。

しかし、皆で相談もせずに即答できるようなことではない。これもまた、後で皆でじっくりと相談することとなった。

「では、明日は王都とこの辺りのことについて色々と御説明しますわ。

特に、魔物が異常に頭が良い、ということとかを……」

まだ王都とこの町のことしか知らないだろうと思っていた『ワンダースリー』が、既にそのことを知っている。

……さすがだと感心する、『赤き誓い』の４人であった。

「明後日には、一緒に王都へ引き返しましょう。

……で、申し訳ないことがありまして……」

「え？　どうかしたのですか？」

俯いて、困ったような顔をするマルセラと、あ、というような顔で視線を逸らすモニカとオリアーナに、不思議そうにそう問うマイル。

「先程の説明では省略したのですけど、ケラゴンさんにこの大陸にお運びいただきました時、人目に触れない場所に降ろしていただいて歩いて王都に来たのではなくてですね、あの、その……」

いつもはっきりと物事を言うマルセラらしくない態度を疑問に思うマイルであるが……。

「そのまま王宮の庭に降りまして、色々と騒ぎに……。

そして王宮の方々の中には、私達の姿を見た方も、かなり……。

ですので、私達と一緒ですと、王宮関係者の目に触れた場合、ほんの少し目立って注目されるかもしれないのですわ……」

「何じゃ、そりゃあああ～～！」

「「「あ、やっぱり！」」」

「それは、目立つとかいうレベルの話では……」

「あ、あはは……」

呆れる、レーナ、ポーリン、メーヴィス。

そしてマイルは、マルセラの肩をポンポン、と軽く叩いた。

「うっかりさんですねぇ……」

「マイルさんだけには言われたくありませんわよ!!」

マルセラの言葉に、うんうんと頷くモニカとオリアーナであった……。

＊　＊

「……で、どうするのよ？」

あの後、詳しい話はまた明日、ということにして、自分達の部屋へと戻った『赤き誓い』。

明日にはクランについての返事をしなければならないため、今夜のうちに結論を出さねばならない。

「……私は、皆さんの意見を聞いた後で……」

そしてマイルが、そんなことを言い出した。

自分が希望を言えば、皆はそれに反対しづらくなるのではないか。

　そう考えての言葉であろう。

　そして、マイルならそう考えるだろうと思ってか、黙ってそれを受け入れたレーナ達。

「まず、メリットとデメリットは、マルセラが言った通りよね。私達にとって、メリットはかなり大きく、デメリットも『ワンダースリー』相手ならそう心配するようなことはないわ」

　レーナの言葉に、大きく頷く3人。

「敢《あ》えて言うなら、私達が黙って勝手に移動するわけにはいかず、旅に出る時には必ずあの連中にも事前に知らせる必要がある、っていう面倒があるくらいかしらね。

　まぁ、それも別に許可が必要とかいうわけじゃないし、ついて来ないならそれで良し。

　その時点でクランを解消しても構わないわけだしね。

　別に、解約できない契約を結ぶというわけじゃなし。何なら、『お試し期間』ということにしてもいいし……」

　どうやらレーナは、クラン結成にかなり前向きな考えであるらしい。

「……私も、それでいいと思います。メリットが大きく、デメリットは殆《ほとん》どありませんし……。

　それに、レーナが言う通り、駄目だったらその時にクランを解散すれば済むことですからね。

　反対する理由はありませんよ」

「私も、同感だよ。そしてマイルは……」

　改めて聞くまでもなく、こくこくと頷いているマイル。

「じゃ、そういうことでいいわね？」

「「「おおっ!!」」」

そして翌朝、マルセラ達にクランのことを了承する旨の返事をした、『赤き誓い』。

そして朝食後、にこにことした『ワンダースリー』と共に、丸々一日、この大陸について話し合うのであった……。

＊　　＊

「えええ！　海って、魔物の巣窟《そうくつ》ぅ？」

「この大陸にも古竜の里があって、そこにも伝手《つて》ができたぁ？」

『赤き誓い』からの説明に驚く、マルセラ達。

「えええ、ケラゴンさんが王都の孤児達にそんな大サービスを？」

そして、『ワンダースリー』の説明に驚く、マイル達。

「ケラゴンさんって、子供好きだったんだ……」

「子供というか、小さい動物を可愛く感じているだけなんじゃないの？　人間にとっての、雛鳥とか、生まれたての子猫とかいう感じで……。

マイル、あんたも御使い様だから尊敬されているというだけじゃなくて、その枠に入っているんじゃないの？　ペット枠というか、愛玩動物枠というか……」

「……え？」

マイル、愕然。

「いや、今の話だと、孤児がどうこうという話じゃなくて、ただ単にウロコの間に挟まったゴミを取るのに子供の方が都合が良かっただけなんじゃあ……。

子供の方が手が小さいから狭い隙間にも手が入るし、敏感なウロコの下を大人に乱暴に扱われるのが嫌だとか……」

「「「なる程……」」」

さすがメーヴィス、客観的な考察である。

「まあ、可愛くて庇護欲をそそるという意味では、納得ですわね……」

「何ですか、それはあああぁ～～っ!!」

マルセラの言葉に、吠えるマイル。

記憶を取り戻すまでにアデルとして生きた期間を加えれば、海里、アデル、マイルの期間を足して、精神年齢としてはまもなく33歳である。ここにいる大半の者の2倍くらい生きている。

それを、『可愛い』はともかく、『庇護欲をそそる』と言われては……。

しかし、幸いにもマイルは、『実は、本当の年齢はもっと上なのでは？』という疑惑だけは、絶対に抱《いだ》かれる心配がない。

……本人は、それに納得がいかないようであるが……。

「まぁ、それはどうでもいいとしまして……」

「どうでもよくはありませんよっ！」

「王都での生活についてですが……」

マイルの抗議をスルーして、さっさと話を進めるマルセラ。

さすが、マイルの扱い方には慣れているようである。

「7人となりますと、宿を取るのもアレですから、パーティハウスといいますか、クランハウスといいますか、……一軒家を借りてはどうかと思いますの。

私達、アイテ……収納魔法のおかげで稼げますし、金貨や素材は国元からたくさん持ってきましたからね、収納に入れて。

金貨は、こちらでは地金の価値しかありませんけど、それでもそこその値は付きますからね」

確かに、と思った、『赤き誓い』の4人。

7人だと、4人部屋を2部屋取ることになる。

常に宿屋に2部屋空いているとは限らないし、みんなで話す時にはどちらかの部屋に集まることになる。それだとかなり手狭になる。

また、7人となると、宿泊料も食費も、それなりの額になる。

それなら、家を借りた方が安くて便利なのではないか、ということである。

それに、宿屋だと、マイル謹製《きんせい》のお風呂、トイレ、ふかふかベッド等が使えず、そしてマイルが作る料理が食べられない。

なので……。

「「「「承認!!」」」」

＊

＊

「……ところで、皆さんは料理を作れますか？」

翌日、7人揃って徒歩で王都へと向かいながら、マイルが『ワンダースリー』の皆にそう尋ねた。

何しろ、7人である。一日三食、全てマイルが作るというのは、あまりにもハードルが高すぎる。

勿論、聞くまでもなく、『赤き誓い』のメンバーの料理の腕前は把握している。

マイル自身は、料理好きの家庭の主婦レベル。

そこに、稀少なハーブや香辛料をたっぷり使い、調理に魔法を使い、そして地球の調理知識を用いることによって、この世界の一流料理人並みの腕を振るう。

……ズルである。

別に、桂剝《かつらむ》きができるとか、優れた包丁技術があるとかいうわけではない。

……力があるから、何でも簡単に切ってはいるが、切断面とかも、そう綺麗なわけではない。

ポーリンは、一般家庭の奥さんレベル。

そこそこ美味しい、家庭料理的なものを作る。彼氏に作ってあげれば絶賛されるレベルである。

メーヴィスは、日本でたとえるならば、中学1年生の女の子が料理に挑戦、といった感じであろうか……。

常識的な、ごく普通の素人料理であり、問題なく食べられるが、そう美味しいというわけでもない。


そして、レーナ。

相手は死ぬ《エターナルフォースブリザード》。

……せかいがはめつする。


「私は、まぁ、平民の一般家庭の若奥様、というレベルでしょうかねぇ……」

「「「えええええええっっ!!」」」

マルセラの発言に、驚愕の叫びを上げる『赤き誓い』一同。

モニカとオリアーナは、驚いた様子はない。

それは、何カ月も一緒に旅をしていれば、それくらいのことは知っているであろう。

「あ、あああ、あんた、きっ、貴族の娘よね、確か……」

「ええ、半年前までは男爵家の三女、そして今は新興子爵家の当主ですわね」

「それで、どうしてそんなに料理ができるのよっ！　おかしいでしょうがっ!!」

レーナの詰問《きつもん》に、遠い目をしながら答えるマルセラ。

「貴族とはいえ、うちは貧乏だったのですわ……。出入り商人である中堅商家の、モニカさんの御実家より、ずっと……。

使用人もギリギリの人数でして、お母様を使用人と一緒に働かせるわけには参りませんから、私が……」

「……悪かったわよ……」

聞いてはいけないことを聞き、マルセラに貴族である実家の恥を晒させてしまった。

本当に、申し訳なさそうな顔で謝罪するレーナ。

「私は、お店の手伝いで、ずっと穀物袋を運んだり、穀物袋を運んだり、穀物袋を運んだりしていました」

「……つまり、戦力外、ということですね……」

モニカに対して、非情の戦力外宣告をするマイル。

「そして私は、両親が畑で働いている間に、弟や妹の面倒を見ながら、料理を作っていました。

……6歳の頃から。

その後、畑仕事も手伝うようになりましたけど、料理はずっと私の仕事でしたね……」

一瞬、即戦力であることが判明したオリアーナを称賛しかけたマイルであるが、それを口に出す寸前に、今の説明があまり褒められて嬉しいような内容ではなかったことに気付き、慌てて口を噤《つぐ》んだ。

「……ま、まあ、料理ができる人が5人もいますし、モニカさんも料理を作る機会がなかっただけですから、すぐにできるようになりますよ！」

そう言うマイルであるが……。

「……どうしてモニカだけで、私の名前が入っていないのよ……」

「「「あ……」」」

事情を知らない『ワンダースリー』の3人を除き、ヤバい、という雰囲気に……。

いや、レーナの機嫌を損ねたということも確かにヤバいには違いないが、『赤き誓い』の3人が本当に恐れているのは、レ、レ、レ、レーナが料理をするということであった。

モニカが料理の練習を始め、自分以外の全員が当番制で料理を作ることになれば。

責任感が強い上に、仲間外れにされることを極度に恐れるレーナが、自分だけ料理当番に加わらないなどということを許容できるわけがない。

（死ぬ……）

（（死んでしまう……））

（（（せかいがはめつする……）））

マイル達の絶望の表情の理由が分からず、ぽかんとした顔のマルセラ達であった……。

＊　　＊

朝食後すぐに出発したため、明るいうちに王都に到着した、『赤き誓い』と『ワンダースリー』の7人。

みんなハンター証を持っているため、列には並ばされたものの、何の問題もなく門を通過できた。

まあ、どう見ても犯罪者には見えない可愛い少女達に難癖を付ける門番はいないであろう。

しかも、7人中5人が魔術師装備である。

この年齢、外見でハンターが務まる程の魔法が使え、服装や装備もきちんとしており、薄汚れた様子もない。

門番が時間を掛けて調べるような者達ではないのは当然であった。


「ここが、この国の王都ですかぁ……」

マイルは、お上りさん丸出しの態度。レーナ、メーヴィス、ポーリンの3人は、少しキョロキョロとはしているものの、あまり恥ずかしい態度は見せないようにしている。

あまり田舎者らしく見えると、スリや誘拐・人身売買組織とかのいいカモになる。

まあ、ハンター装備で7人一緒だと、さすがにそう危険はないと思われるが……。

勿論、『ワンダースリー』は王都から出発したためあまりキョロキョロしてはいないが、王宮から真っ直ぐ街門へと向かい王都から出たため、王都内に詳しいわけではない。

王宮以外の場所での王都滞在時間は、僅か数十分である。

「とりあえず、先に宿を押さえましょう」

家を借りるとはいっても、いきなり不動産屋に押し掛けて今日中に、というわけにはいかない。

少なくとも、今夜は宿を取る必要があった。

そしてその後はギルドに顔を出し、依頼は受けずに様子見のみ。

あとは、食事をしてから宿に戻る予定である。

王都での初めての食事は、宿ではなく、少し張り込んで良い物を食べるつもりであった。

＊　　＊

からん

ハンターキルド支部のドアを開け、一緒に中へ入った『赤き誓い』と『ワンダースリー』。

王都のハンターギルドに来るのは、『ワンダースリー』も初めてである。

　ハンター登録は、王都を出てからあの街で行い、それから一度も王都には戻っていないので、それも当然であった。

　……そして、目立っていた。

　滅茶苦茶、目立っていた。

　普通、Cランク以下のパーティは4～6人である。

　勿論、3人のパーティもあるが、滅多にいない。ふたりとなると、それは『パーティ』ではなく、コンビとかペア、バディとか呼ばれ、別物として扱われる。それらは夫婦とか、恋人同士とかいう場合が多いので……。

　7人以上のパーティは、機動性、即応性、チームワーク、そして報酬の分配率的に、旨味が少ない割に運営が面倒で大変なのである。人間関係的にも、色々と問題が発生しやすい。

　なので、そういう問題を実力と巨額の稼ぎでねじ伏せることができ、若手の育成とかにも力を入れるBランク以上でないと、大所帯は難しい。

　というか、そういうところは、複数のチームに分かれて活動したり、依頼内容に応じてメンバー構成を変更したりと、パーティ自体がクランのようなものである。

　そしてそういうところは、数人の代表が依頼を受けに来るものであり、全員でゾロゾロとギルドにやってくるようなものではない。

　なので、若い少女ばかりの、それもその大半が魔術師装備の7人というのは、常識外れの構成であった。

今までマイル達が出会った女性のみのパーティは、『女神のしもべ』だけである。あれだけあちこちを旅して廻ったというのに……。

その人数も、リートリアが加わって6人になったのであり、それまではずっと5人であった。

そして魔法が使えるのは、魔術師であるラセリナと、金砕棒を使っての近接戦闘と兼務であるリートリアのふたりだけである。

それも、リートリアが加わったのはたまたまであり、本来は『魔術師ひとりを含む、5人パーティ』であったのだ。

それだけ、女性だけのパーティも、Cランク以下で7人以上のパーティも、数が少なく、珍しい。

また、魔術師を複数擁するパーティも、決してそう多いわけではない。

魔術師をふたり擁するパーティが割といるように見えるのは、そういうパーティは実力があり目立つのと、生き延びやすいからであり、実際には思った程多くはない。

普通は、パーティにひとりいるだけで幸運であり、それが若くて美人の女性だとすれば、毎晩神に感謝の祈りを捧げるべきである。

……それが、半数以上が未成年で、なおかつ全員が美少女であり、その大半が魔術師である7人パーティとなると、これはもう、オスの三毛猫（3万分の1の確率）か、レッドダイヤモンド（現在、地球では30個程しか発見されていない）並みに珍しいであろう。

それくらい、常に不足しており、引く手数多《あまた》の魔術師が、大勢。

とてもひとつのパーティとは思えない、職業《ジョブ》バランスの悪さと人数。

しかも、全員が若くて可愛い。

ハンターも職員も含めた、ギルド中の注目を集めながら、受付窓口へと向かう7人。

そして……。

（（（（（…………）））））

「『赤き誓い』、拠点移動申請です。これからはここ、王都支部でお世話になります。よろしくお願いいたします！」

メーヴィスの申告に合わせて、一斉に頭を下げる、『赤き誓い』。

それに続いて……。

「同じく、王都に活動拠点を移します、『ワンダースリー』ですわ。よしなにお願いいたしますわ」

そして、マルセラに合わせて頭を下げる、『ワンダースリー』。

『よしなに』という言葉は、新米ハンターからのギルド職員に対する言葉としては少し微妙であるが、明らかに貴族様オーラを纏《まと》ったマルセラからの下っ端受付嬢への言葉なので、皆、違和感なく受け入れた。

ギルドに登録するのは、個人としてのハンター登録と、パーティ登録だけであり、クランはあくまでもパーティ同士の交流であるため、ギルドは関知しない。戦力の遣り取りは、一時的な助っ人として扱われる。なので、ここではメーヴィス達はクランについては言及しなかった。

若い女性ハンターは、大歓迎である。

男性ハンターのやる気向上に貢献してくれるし、他の女性がハンターになるハードルを下げてくれるし、独身率が高い男性ハンターの結婚相手候補としても、貴重な存在である。

なので、魔物相手の戦いには出ない、雑用や薬草採取のみの活動であっても、女性ハンターが馬鹿にされるようなことはない。

……しかも、彼女達は大半が魔術師装備である。

水を出せるだけでも重宝されるというのに、もし治癒魔法が使えたり、そして料理もできたりすると、奪い合いになる。

……料理については、魔術師かどうかは関係ないというのに……。

なので多くの視線が突き刺さるように集中するが、『赤き誓い』も『ワンダースリー』も、それを気にする様子はない。

……慣れた。

ただ、それだけのことであった……。

＊　　＊

「では、数日間はこの宿を拠点として活動。この街に問題がないようであれば、家を借りてクランホームとする。それでよろしいですわね？」

「「「「「異議なし！」」」」」

ギルドで拠点移動申請を終えた後、情報ボードに目を通し、依頼ボードでこの街にはどんな依頼があるかを確認した両パーティは、声を掛けようとしてきたパーティを華麗に避けて、さっさとギルドを後にした。

そして良さそうな店で夕食を摂った後、ギルドに行く前に押さえておいた宿で『赤き誓い』が取った部屋へ全員が集まり、『クラン会議』を開いていた。

家を借りるのは、まだこの街での信用が得られていない両パーティであっても、家賃の前払いと、何かあった時のための保証金さえ払えば、特に問題はない。

別に、戸籍抄本とか保証人とかが必要というわけではなかった。

その代わり、家賃滞納額が保証金の額を上回れば即座に追い出されるし、その時には家財道具は全て差し押さえられ、売り払われる。

ここでは、家主の権利が尊重され、借り主の立場はとても弱い。

しかし、それも無理はない。

夜逃げや、仕事で他の街へ行ったまま帰ってこない商人。

魔物に殺されるハンター。

戦争で死ぬ兵士。

取り押さえようとした犯罪者や酔っ払いに斬り殺される警備兵。

それら、いついなくなるか分からない店子相手に損をしないためには、家主側を有利にしないと、貸家業を営む家主などいなくなってしまう。

しかしそれは、見方を変えれば、お金さえ前払いすれば身元が不確かであろうが後ろ盾のない小娘であろうが問題なく家を借りることができるということであり、『赤き誓い』と『ワンダースリー』にとってはとてもありがたいシステムなのであった。

そして両パーティのみんなは、この街がどんな街かということを確認もせずに家を借りるようなチャレンジャーではなかった。

もしここが住みにくい街であったり、ギルド関係者や貴族、王族とかに馬鹿がいたりした場合には、さっさと他の国へと移動するつもりであった。

別に、この大陸にある国はこの国だけというわけではない。

ここは、ただ単に大陸の東端にあるため『赤き誓い』が上陸した地であるというだけのことである。

海に面しているという利点はあるが、ただそれだけである。

他にも海に面した国はたくさんあるし、別に内陸国であっても問題はない。たまにマイルが海辺の町へ向かって、大量仕入れのために水平方向に落ちればいいだけのことである。

その場合、『王女転移システム』を使う『ワンダースリー』にこちらの大陸において少し移動距離的な負担が掛かるが、別に、毎月利用するようなものではないし、マイルがそのうち旧大陸におけるみんなの移動手段を考えるであろうから、こちらでもそれを使えばいい。

「家を借りる時には、中庭があって、マイルの浴室とトイレが設置できる物件であることが絶対条件ね。

あと、台所は充分広いこと。毎回7人分作るし、マイルが収納に保存する分を纏めて大量に作るからね」

普通の少女としては少し多めに食べるメーヴィスと、普通の少女としては異常にたくさん食べるレーナとマイルを抱えているのである。実際に作る量は、とても7人分どころではない。

「部屋数は、みんなが集まったり食事をしたりするちょっと広い部屋と、他には最低2部屋で各パーティごとに1部屋ずつ、できれば全員個室で7部屋欲しいわね」

そんなことを言うレーナであるが……。

「中庭があるような造りで、広い部屋3つだけなんて間取りはありませんよ！」

「中庭じゃなくても、塀で外から見えないようになっていれば、裏庭でもいいんじゃないかな？」

「中庭だろうが裏庭だろうが、呼び方なんかどうでもいいわよっ！」

マイルとメーヴィスに突っ込まれ、少し機嫌を損ねたレーナ。

「いえ、中庭と裏庭には定義があって、別物……」

「マイルちゃん、そこまで！」

更に言い募ろうとしたマイルを止める、ポーリン。

「マイルさん、そういうトコですわよ……。ホント、全然変わっておられませんわね……」

そして、呆れたような顔のマルセラ達、『ワンダースリー』。

「え？　私、何か変なこと言った？」

マイル、相変わらずであった……。

「さすがに、宿屋や学園の寮じゃあるまいし、自宅で4人部屋は、ちょっと……。

最低、二人部屋。できれば個室ですわね。

そうなると、普通の一般家庭用の家は難しいですわね。

となると、小さな商家だったところ、宿屋だったところ、元貧乏騎士爵家が住んでいたものの中でも特に小さくてボロい物件とかでしょうか……。

そうなりますと、中心街からはかなり離れたところでないと、いくら賃貸とはいえ、高くて手が出ませんわよ……。

あ、いえ、私達と『赤き誓い』ならばそれくらい簡単に払えますけど、私達があまり良い物件に住みますと、その、少しばかり目立ちすぎるかもしれないですからね」

「そうだよね……。私達は、あくまでも『新米ハンター』だからね。

その設定は、守らなくちゃ」

そう言って、マルセラの意見に賛同するメーヴィス。

過ぎたる力、そして過ぎたる財力を見せると、また面倒な連中が寄ってくる。

……そういうのには、もう飽きたようである。

「まぁ、ここに長期滞在すると決めたら、不動産屋で物件を探しましょう。いくら理想を言っても、そういう物件がなければ始まりませんからね」

そして、オリアーナのごく常識的な締めで、この件は保留となった。

＊　　＊

王都に着いてから、1週間。

それぞれのパーティで近場での依頼をこなし、『堅実に、そして確実に依頼をこなす、有望な若手パーティ』として一応の信頼を得た、『赤き誓い』と『ワンダースリー』。

そして当然のことながら、勧誘合戦が激しい。

……特に、『ワンダースリー』の方が……。

『赤き誓い』は、メーヴィスとポーリンが成人に見られるし、前衛がふたりに見えるため、一応はバランスの良い一人前のパーティだと思われている。しかも、Cランクのパーティである。

しかし、『ワンダースリー』は誰が見ても『未成年の仲良し3人組。前衛能力皆無でバランス最悪の魔術師トリオ』である。そして、駆け出しも駆け出し、Fランク。

まだハンターになってから数カ月以内、下手をすると数日しか経っていないということである。

ド新人が有り金はたいて魔術師用の服を買い、中古の杖《スタッフ》と短剣を買った、としか見えなかった。

それを見て、悪意がある者もない者も、何とか彼女達を自分達のパーティに入れて、保護してやらねば、と考えていた。

……勿論、既にマルセラが大容量の収納魔法を使えることを公開しているのも、それに大きく影響している。

『ワンダースリー』は依頼を着実にこなしているが、それはFランクでも受けられる依頼ということであり、真面目にやれば達成できて当然のものばかりである。

そして勿論、その中にはオークやオーガの討伐依頼は含まれていない。

なので、彼女達の実力を知る者は、王都にはまだ『赤き誓い』しかいなかった。

マイルも同じく収納魔法のことを公開しているので、前衛もこなせる魔術師であり、しかも収納持ちということで、勿論マイルの方にも勧誘は来ている。

しかし、『赤き誓い』はパーティとして確立しているため、到底パーティとしての体《てい》を成していない『ワンダースリー』の方が攻めやすいと考えるのは当然であろう。

……そして、どう見ても、マルセラは明らかに高貴《きぞく》な生まれである。

現在もそうなのか、『元』が付くのかは分からないが……。

本当は『赤き誓い』も全員が貴族であり、しかもマルセラより爵位が上であるが、そう言っても誰も信じてはくれないであろう。

まあ、ここで他の大陸での身分をどうこう言っても、何の意味もないが……。

とにかく、勧誘はあるが、それは収納魔法《アイテムボックス》のことを隠さない限り、……いや、おそらく隠していても、どこへ行っても同じである。

そして収納魔法《アイテムボックス》のことを隠すということは、大量の獲物を運ぶことができず、護衛依頼や他のハンターがいる時とかにはテントもトイレもお風呂も生鮮食材も何も使えないということであり、それはあまりにも不自由であった。なので、それは許容外である。

そして、この街は王都だからか、脅しや暴力で無理矢理、という連中が現れないだけ、他の街より治安が良いようであった。

エールを奢って先輩ハンター達から情報を集めたところ、この国は王様も上級貴族も比較的まともであり、勿論おかしな貴族がひとりもいないというわけではないが、この辺りの国の中では良い方だということであった。

有力商家とかは、……まぁ、国中の商人がみんな誠実でいい人ばかり、などという国は存在するはずがないし、もしそんな国があったとすれば、すぐに滅亡するであろうから、考える必要はない。

……つまり、この街、そしてこの国は、『合格』ということであった。

「2番目が妥当かと思いますわ。皆さん、如何でしょうか？」

「ええ、私もあそこがいいと思うわ。みんなはどう？」

マルセラとレーナの言葉に、こくりと頷く他のメンバー達。

＊　＊

そう、この王都《まち》、そしてこの国を『合格』として、クランハウスを借りるべく、不動産屋に候補物件を見せて廻ってもらったのである。

そしてその中で、元は小さな宿屋だったところに目を付けた。

利点は、いくら小さいとはいえ元宿屋であるから、同じ広さの元客室、つまり個室として丁度良い部屋がたくさんあるということである。

そして当然のことながら、広い調理場があるので、マイルがアイテムボックスに保存するために一度に大量の料理を作るのに便利であった。大きな鍋や釜、大皿とかもそのまま置いてあり、居抜き状態である。

皆が集まるのは、1階の元食堂部分。かなり広く、マイルが作ったミーティング用の黒板とかも置ける。

そして洗濯物を干したり、戦闘職の宿泊客が身体が鈍《なま》らないように鍛錬したりするために、やや広めの裏庭がある。

マイル謹製の携帯浴室や携帯トイレを設置するには充分な広さであり、井戸もある。

そして、メーヴィスの鍛錬や、『ワンダースリー』に剣術指南をすることもできる。

道を歩く者からの視線を完全に遮るには、今の生垣では少し不足であるが、それは土魔法で塀を作れば済むので、問題ない。クランハウスとして防備を固めるためにも、その方が望ましかった。

ここを退去する時には、また土魔法で元に戻せばいい。

他の物件は、大きすぎて賃料が高く、若手パーティ、特に『ワンダースリー』が住むには分不相応であったり……この物件も、かなり高いのではあるが……、逆に小さすぎて部屋数や裏庭の広さに不満があったりして、満足できなかったのである。

不動産屋は、彼女達がもっと小さな物件を選ぶと思っていたであろうが……。

おそらくこの物件は、『大きいのをふたつ見せて、小さいのをふたつ見せて、最後に丁度良いお薦めを見せる』という不動産屋テクニックあるあるの内、『大きいの』の内のひとつだったのであろう。

そしてもうひとつの『大きいの』は、明らかに普通のハンターが借りるには常識外であった。

まあ、ハンターの中には、貴族や金持ちの子供が道楽でやっている者もいる。

そしてマルセラとメーヴィスの存在が、このクランが構成員の年齢の割にはお金に不自由していないらしきことの説明になっているため、あまり疑問に思われることはないのかもしれない。

若手がお金を持っていると思われるのはあまり良いことではないが、全身から立ち上る『高貴なお方オーラ』は、どうしようもない。

そして借り主の身元がどうであれ、賃料と保証金を前払いすれば、不動産屋は何も気にしないのであった。

街の中心地、つまりハンターギルドや商業ギルド、商店街からは少し離れているが、市場からはそう遠くない。

それに、中心地から離れているのは、あまり騒がしくないこと、賃料が安くなること等、メリットもある。

神殿の近くとかは時報の鐘の音がうるさいし、ギルドや酒場の真ん前とかは、酔客が騒いだりして、うるさくて堪らない。


「2番目のにするわ」

レーナにそう告げられた不動産屋は、かなり驚いているようである。

別に、購入するわけではない。嫌になれば、引っ越せばいい。

なので、結構軽い感じでこの物件に決めた、レーナ達。

現代日本の一般家庭とは違い、引っ越し荷物は少ない。

それに、引っ越しなど、マイルや『ワンダースリー』のアイテムボックスを使えば一瞬である。

なので、みんなの転居に対する心理的なハードルは、とても低かった。

支払いは、毎月の家賃を先払いすることと、保証金《デポジット》、つまり一時的な預かり金を渡しておくことになる。

どちらも、家賃の滞納、夜逃げ、建物の著しい汚損等で貸し主が損害を被《こうむ》るのを防ぐためであり、保証金《デポジット》は半年分の家賃に相当する額である。

それは、仕方のないことである。借り主に悪気がなくとも、いつ命を落とすか分からない世界であり、特にハンターなど、いくら健康で元気であっても、ある日仕事に出たまま戻らない、ということなど、日常茶飯事なのだから。

なので、前払いや保証金《デポジット》は普通のことであり、そして保証金《デポジット》はかなり高い。

不動産屋が驚いているのは、明らかに新米だと思われる年齢の少女達が、決して安くはない物件を無造作に決め、そして支払いの心配をしているような素振りが一切ないためであろう。

しかし、ハンターの中には貴族の子女や金持ちの子供とかが『若いうちに好きなことをやってきたい』とか言ってハンターの真似事をする『お遊びハンター』とか、ベテランハンターを雇って贅沢な旅をする『接待パーティ』とか、色々ある。

そう思い至ったのか、不動産屋は特に心配することなく、契約してくれた。

とにかく、保証金《デポジット》と家賃を前払いで受け取る限り、借り主が死のうが逃げようが、貸し主側にとっては何の問題もないのであった。

＊　＊

「ここが、私達のお城です！」

「この大陸における、私達の伝説が始まる場所よ！」

「いえ、また伝説を作っちゃうと、再び別の大陸に移動しなきゃならなくなりますよ」

「たはは……」

相変わらずの、マイル達、『赤き誓い』。

そして、『ワンダースリー』は……。

「まず、掃除をするのが最初の仕事ですわね。その後、家具を用意しましょう」

「とりあえず、ベッドと調理器具、食器とカトラリーですね。最初は居抜きで残されているものをそのまま使いましょう。そして、徐々に好みのものに替えて……。

あ、その前に、トイレとお風呂を設置するのが先ですね。それと、照明器具の確認と……」

「しばらく使われていなかったであろう井戸の水を汲んで、清掃兼水の入れ替えを行う必要がありますよね。それと、裏庭の目隠しを……」

マイル達『赤き誓い』に較べて、現実的な『ワンダースリー』。

両方合わせて2で割れば、丁度いい感じである。

案外、良い組み合わせなのかもしれなかった……。

「お風呂とトイレ、設置完了です！」

額の汗を拭いながら、みんなにそう報告するマイル。

……汗をかくほど疲れてはいないくせに……。

設置したのは、マイルが常にアイテムボックスに入れている、大きな岩でガッチリと護られている『携帯式要塞浴室』と『携帯式要塞トイレ』ではなく、新造品である。

覗きや襲撃者による奇襲に完全対応。

人数が増えたので、トイレは個室をふたつに増加。

台所や洗面所用に作った給水塔から水を引いて、トイレは水洗式にしてある。

……いくらメーヴィス以外は水魔法が使えるとはいえ、コップ１杯の水を飲むとか、料理や洗面、食器洗いとかにいちいち魔法で水を出すのは面倒であるし、量の加減が難しい。

そして甕《かめ》に汲み置きとか、不衛生も甚《はなは》だしい。とてもマイルに許容できるようなものではなかった。

なので、給水塔があるととても便利なのである。

給水塔は充分な高さがあり、２階部分にも給水が可能である。

給水塔のタンクへの水の補充は、井戸水を汲み上げるのではなく、魔法で行う。

台所に水量が表示されるようにしてあるので、残量が一定以下になれば、気付いた者が補充する。

メーヴィスは魔法が使えないため除外されるが、魔力量が少ないモニカとオリアーナは、訓練ということも兼ねて、頑張って補充することになっている。

この給水塔及びそれから派生する水道、水洗トイレの存在だけで、この建物の快適さは一般家屋とは比較にならない。

そして更に、貴族の邸か高級な宿屋くらいにしかない、浴室。

いや、マイル謹製のシャンプーとかを入れれば、貴族の邸のものを遥かに凌駕している。

廃水は、地下のタンクに溜めておいて、魔法で浄化する。

その後、綺麗になった水を排水溝に流す。

本当は、そのまま再利用してもいいくらい完全に浄化されているのであるが、さすがにいくら綺麗になったとはいえ、元・廃水を使うのは、心理的なハードルが高すぎた。

「……マイルさん、どこまで私達を堕落させるおつもりなのですか……」

「あはは、もう、普通の宿屋とかには泊まれないよね……」

「実家に帰省した時、汲み取り式のぼっとんトイレに我慢できそうにありません……」

そして、この家の危険性に震える、『ワンダースリー』の3人であった……。

こうしてマイルと一緒に暮らせるようになったからか、『ワンダースリー』の３人は、もう焦ったり『赤き誓い』の３人に対抗心を抱いたりするようなことはなくなったようである。

普段はハンターとしての活動が別々であっても、マイルと一緒に暮らし、その安全を確認し、そして幸せそうな生活振りを見守る。それだけで、充分満足しているようであった。

それに、合同受注や戦力の借り受けとかで、たまにはマイルと一緒にハンター活動ができるであろうし……。

まあ、『ワンダースリー』が戦力を借りるとしても、本当に必要があって借りるのは、前衛であるマイルかメーヴィスくらいであろう。このふたりがいれば、もう前衛主体の他のパーティに合同受注を頼む必要はなくなる。

レーナとポーリンは、魔法技術研鑽のための交流として招く程度であろうか……。

そしてレーナは、『ワンダースリー』が自分達『赤き誓い』のような個人の大火力による力押しパーティではなく、レーナの憧れの人テリュシアが率いる、あの『女神のしもべ』のような、互いを補い合うチームワークを得意とするパーティであることから、何とかそのあたりを学びたいと考えているようであった。

こうして、新たな拠点、新たな態勢を整えた『赤き誓い』と『ワンダースリー』は、この大陸において本格的な活動を始めるのであった……。

＊　＊

「パーティーが必要です！」

「「「「え？」」」」

マイルの突然の宣言に、頭の上にはてなマークを浮かべるみんな。

「いや、まだ私達2パーティでの本格的な活動も開始していないのに、それはちょっと早すぎないかい？」

「マイルちゃん、さすがにそれは、まだ……」

当然ながら、そう言って反対する、メーヴィスとポーリン。

「……え？　そんなことはありませんよ。今やらずにいつやるのだ、ってやつですよ！」

「知ってるパーティもいないのに、どこを誘うのよ？」

「え？　知っているパーティ？　誘う？

いえ、別に他のパーティをお招きしたりはしませんよ？　私達だけの、内輪のパーティーですよ？」

「……え？」

「「ええええ？」」

「「「「えええええええええ？」」」」

「何だ、活動開始の記念パーティーのことなの？　それならそうと、ちゃんと説明しなさいよ！」

「そうですよ！　全く……」

「マイル、説明不足は、失敗の元だよ！」

「ごめんなさい……」

レーナ達に謝るマイルを、苦笑しながら温かく見守るマルセラ達。

『ワンダースリー』のみんなには、マイルが言い出しそうなことは、大体の予想がつく。

なので、今回も最初からマイルの意図が分かっていたため、驚くことはなかった。

そのため、『赤き誓い』の面々が誤解して騒いでいるのを、黙って生温かく見守っていたのである。

自分達はちゃんとマイルのことを理解しているのだという、余裕なのであろうか……。

そして、パーティーは翌日と決まったのであった。

＊　＊　＊

「さぁさぁ、食いねぇ食いねぇ、メシ食いねぇ！」

『赤き誓い』のパーティリーダー、即ちクランのリーダーでもあるメーヴィスによる簡単な口上の後、すぐにマイルがそう言って、皆に料理を薦めた。

皆、身内なのである。話は、飲み食いしながらすればいい。

「……何ですか、その、おかしな言い回しは……」

『赤き誓い』のみんなは聞き慣れているマイルのこの言い回しは、『ワンダースリー』にとっては初めて聞くものであったらしく、呆れたような顔のマルセラ達。

しかし、どうせフカシ話に出てくるネタであろうと、深く考えずにスルー。

このあたりは、慣れたものである。

1階の居間兼食堂のテーブル上に並べられた、大量の料理と飲み物。

マイルが昨日作り、時間停止のアイテムボックスに入れておいたものである。

マイルは、こういう時、アイテムボックスのありがたさを一番実感する。

他のハンターや商人が聞いたら、助走を付けて殴りかかってくるレベルの話である。

「……しかし、いつも思いますけど、美味しいですわね、マイルさんの料理……。

これですと、他の方が料理当番になられた時との差が大きすぎて、色々と……」

料理を口にしながら、マルセラがしみじみとした口調で、そう呟いた。

そう。今まで『赤き誓い』は、料理の殆どをマイルに任せていたのである。

マイルが不在の時や忙しい時に、たまにポーリンが代わったり少し手伝ったりするだけであった。

……しかし、これからは交替制となり、皆の料理……モニカとレーナは、当分の間、見習い……を順番に食べることとなる。

「いえ、私には料理の技術はありませんよ。ただ、各地で集めた香辛料やハーブ、そして長期間に亘る試行錯誤の結果である、ショウユ、ソース、ミソ、マヨネーズ、ドレッシング、各種のタレ等を作り、更に出汁《だし》を取るというアイディアや新しい調理方法を考え出しただけで……」

「「「「**自慢かッ!!**」」」」

ただ事実を述べただけのつもりであったマイルは、全員に怒られた。

「い、いえ、ただ、私には特別な技術があるわけではなく、知識と調味料のおかげですから、皆さんも私が作った調味料を使って、私のやり方を真似れば、簡単に同じような、……いえ、それ以上のものができると思うのですが……」

「「「「え……」」」」

そう。それは、事実である。

マイルは、別に神の舌を持っているわけではないし、見事な桂剝《かつらむ》きができるわけでもない。

潮勝負《うしおしょうぶ》で勝てるわけでもないし、白糸釣鐘くずしができるわけでもない。ただ単に、地球の調味料と料理法を知っているに過ぎないのである。

なので、それを皆に教えれば、同じ料理が作れるはずであった。

……但し、レーナを除く。

＊　＊

あれから、料理を食べながら今後の話や料理談義、その他様々な話をした『赤き誓い』と『ワンダースリー』であるが、さすがにお腹がいっぱいになってきた。

「そろそろお風呂に入ろうかしらね……。今日はどっちが先に入る？」

浴室は割と広いので、いつもパーティごとに入っており、どちらが先に入るかは、日によってバラバラであった。

「いえ、今日はみんなで一緒に入りましょう！」

しかし、レーナの言葉に、即座にマイルがそう提案した。

「新しく作ったクラン用の要塞浴室は、携帯用の要塞浴室より広くしてあります。だから、クランの全員が一緒に入れますよっ！」

「「「「「…………」」」」」

おそらく、マイルはそうしたくて、それに合わせて新造の浴室のサイズを決めたに違いない。

さすがに、マイルシミュレーターを持っていないレーナ達にも、それくらいのことは容易に推察できた。マイルとは、もう長い付き合いなので……。

そして勿論、たとえ皆が反対しても、マイルは絶対に退《ひ》かない、ということも……。

そう、言うだけ無駄であった。

「……はァ、分かったわよ……」

＊　　＊

「「「「「……」」」」」

マイルは、修行の旅が終わって再会した時に、『ワンダースリー』の面々と一緒にお風呂に入ったことがある。

しかし、他の『赤き誓い』のメンバー達は、『ワンダースリー』と一緒にお風呂に入るのは、今回が初めてである。

このクランハウスに住み始めてからも、何となくお風呂はパーティごとに入っていたので……。

「「「「「「……………」」」」」」

ポーリンは、仕方ない。

皆、ポーリンは別枠、『殿堂入り』扱いでランキングからは除外、ということで心の中が一致していた。

なので、実質的な一位は、マルセラであった。

元々貴族の血筋であり、現在は爵位持ち。

貴族らしい美人顔で、頭脳明晰、魔法の腕は一流、剣術もそこそこ使え、人格は高潔で平民から慕われ、貴族からも一目置かれ、……そして大きい。

天は、二物どころか、マルセラにいったいいくつの長所を与えたのか。

せめて、小さければ。

ひとつでも、欠点があれば。

湧き上がる敗北感に、どんよりとした様子の６人。

メーヴィスは、まだいい。

普通より小さめではあるが、マニッシュで男装の麗人っぽい雰囲気だし、常日頃から『胸が大きいと剣士としてはマイナス要因だから、私はこれくらいが理想的なんだよね』と言っているので。

それを聞いて、レーナがぐぎぎ、と怖い顔で睨んでいるのに気付いていないのは、メーヴィスだけである。

そして、実はそれがメーヴィスの負け惜しみであり、毎晩隠れてこっそりと、マイルの豊胸体操を真似ていることがみんなにバレているということに気付いていないのも、メーヴィスだけである。

……そもそも、毎日その体操をしているマイルの胸を見れば、それが無駄な行為であると分かりそうなものである。

モニカとオリアーナも、普通よりやや小さめである。

可愛くはあるが、マルセラやメーヴィスのような貴族顔ではなく、あくまでも庶民顔であるふたりは、少しでも武器が欲しかった。

なので、大きな胸に憧れていたのであるが、……ムネんな結果となっている。

そして、マイルとレーナであるが……。

マイルは、既に両パーティのメンバー達の戦力差については把握していたし、自分は誕生日が一番早いものの、『ワンダースリー』の3人と同年齢であり、この中では最年少グループである。

……つまり、まだ未来に希望が持てる。

しかし、メーヴィスに次ぐ2番目の高年齢であるにも拘わらず、マイルといい勝負であるレーナは……。

「あれ？　レーナさんは？」

マイルの声に、皆がキョロキョロと周りを見るが、さっきまで一緒に湯船に浸かっていたはずのレーナの姿がない。

そして、レーナがいたあたりの湯面に、ぽこぽこと気泡が浮き上がっていた。

……どうやら、沈没したようであった……。

＊　　＊

「……で、名前はどうしますの？」

「え？　名前って？」

風呂上がりの、ティータイム。

突然のマルセラの言葉に、意味が分からなかったらしく、素でそう聞き返したマイル。

「このクランの名前ですわよ！」

「「「「ああ……」」」」

確かに、それは必要であった。

「バッフ、とか……」

「『バッフ・クラン』ですの？」

「ベリーとか……」

「『クランベリー』？」

「猛犬、とか……」

「『クランの猛犬』？」

「マイル、大事な話なんだから、ネタに走るのはやめなさい！」

『ワンダースリー』のみんなにはよく分かっていないようであるが、マイルの『にほんフカシ話』によって『白い旗は、相手を地上からひとり残らず殲滅するという、最大級の宣戦布告である』という物語や、光の御子の物語は何度も聞かされているため、『赤き誓い』の３人にはマイルが悪ふざけをしているということが丸分かりであった。

そしてレーナは、パーティ名とかには拘《こだわ》る。

あの、『赤き稲妻』の名を歴史に残すことを人生の目標にしたり、自分達のパーティ名を『赤き誓い』にしたり、自分が開祖、初代となった貴族家の家名を『レッドライトニング』にしたというくらいには……。

なので、クラン名でふざけるマイルに、少しカチンと来たようである。

「ごめんなさい……」

マイルも、レーナのそういう思いは知っていた。

なので、素直に謝るのであった。


「……『赤きワンダークランの誓いセブン』とか……」

「詰め込みすぎよ！」

「『ワンダー7』！」

「『赤き誓い』の要素が欠片《かけら》も入ってないわよっ！」

レーナの駄目出しが続き、なかなかクランの名称が決まらない。

しかし、それはレーナのせいではない。

あまりにも、みんなのネーミングセンスが悪すぎたのである。

「ええい、もういいわよ！　クランの名称は、一時棚上げ！　パーティと違って、クランはハンターギルドに届け出る必要はないから、そんなに急いで決めなくてもいいわよ」

　確かに、レーナが言う通り、王都に来て拠点移動届けを出した時、２パーティはそれぞれパーティ名と所属メンバー名は申告したが、クランについては何も言っていない。

　クランはあくまでもパーティ間の仲良し協定に過ぎないので、ギルドは関知しないのである。

「それと、私達がクランを組んでいるということは、あまり大っぴらにしないようにしましょう。下手をしますと、加入希望パーティが来て面倒事になるかもしれませんからね。

　男性パーティがゴリ押しされましたり、ここ、クランハウスに無料《ただ》で住み着こうとされたりしますと……」

「困るわね……。

　よし、その案で行きましょう！

　別に必死に隠す程のことじゃないけど、わざわざ公言しない、ということでいいわね？」

　マルセラとレーナの提案に、こくこくと頷くみんな。

　若い女性ばかり、という点では男性パーティが、そして隠すつもりがないマイルとマルセラの収納魔法……の振りをしたアイテムボックス目当ての全てのパーティが集《たか》ってくるのは、いつものことである。

特に、まだFランクで人数が少なく、職業《ジョブ》バランスが偏りすぎている『ワンダースリー』には、前衛主体で魔術師がいない男性パーティからの視線がエグい。

これで『ワンダースリー』と『赤き誓い』がクランを組んで一緒に暮らしているなどということが広まり、しかもクランハウスが元宿屋であった物件であるため、まだ部屋数に余裕があるなどということが知られたら……。

「まあ、絶対にそんなのは受け入れないし、無理矢理入り込んで女性ばかりのクランの主導権を、なんていうハーレム願望の間抜け連中が来たら、叩き潰せばいいだけよね。どこか、人目につかないところで……」

レーナがそんなことを言うが、ポーリンがそれに反対した。

「駄目ですよ、レーナ。人目につかないところで、そんなことをやっちゃあ……。そういうのは、ちゃんと人目が多いところで徹底的に叩き潰さなきゃ。でないと、見せしめ効果で同類の連中への威圧や抑制を掛けられないじゃないですか」

「あ、そうか。ごめんなさい、考えが足りなかったわ……」

「「「「…………」」」」

「あ、そう言えば、マルセラさん達はFランクでしたよね？」

「ええ、ハンター登録をしたばかりですからね。ここにはスキップ制度がありませんでしたから

「……」

勿論、そのことはマイル達も知っている。

自分達も、Ｆランクでスタートしたのであるから……。

「私達は個人ランクもパーティランクもＣですから、一緒に通常依頼を受注するのは難しいですよね？」

「「「あ……」」」

そう。常時依頼や納品依頼であればともかく、討伐依頼や護衛依頼はＦランクでは受けられないし、合同で依頼を遂行しても、『ワンダースリー』が『赤き誓い』に寄生しただけと思われて、『ワンダースリー』には功績ポイントは殆ど付かないであろう。

養殖禁止、無理なパワーレベリング禁止なのである。

いや、実際に実力を付けるためのものは別に構わないのであるが、ギルドへの貢献ポイントという点においては、上のランクのハンターに寄生して、というのは認められないのであった。

『ワンダースリー』は、実力の面では充分にＣランクのレベルに達しており、今欲しいのは功績ポイントなのであるから、養殖やパワーレベリングでは何の意味もない。

大容量の収納魔法を持っているということでＣランクに、というのも、それは収納魔法を持っているということを公表しているマルセラにのみ適用されることであり、しかもそれは『高ランクパーティに入り、護ってもらう』という前提条件があるからである。

全員がFランクのパーティの中に、同じく戦闘力がFランクの収納魔法持ちがいたところで、Cランク扱いできるわけがない。

そんなパーティがCランクの討伐依頼や護衛依頼を受けたら、即、全滅である。

「何とかして、『ワンダースリー』をCランク、それが駄目なら、せめてDランクには上げないと駄目ですわよね……」

困ったように眉をしかめたマルセラの言葉に、うんうんと頷く一同。

「どうすれば……、って、そうだ!!」

そして、マイルが何やら思い付いたようである。

「「「「…………………」」」」

そして、今までの経験から、マイルがこんな顔をした時には碌《ろく》でもないことを考えているに違いないと察しているみんなは、胡乱《うろん》な目でマイルを見るのであった……。

＊　　＊

「常時依頼の納品ですわ」

ドサドサドサドサドサドサ〜〜！

「常時依頼の納品ですわ」

ドサドサドサドサ～～！

「常時依頼の納品ですわ」

ドサドサドサドサ～～！

「常時依頼の納品ですわ」

ドサドサドサドサドサ～～！

「常時依頼の……」

「……待て！　待て待て待て待て待てえぇぇ～～!!」

大容量の収納魔法のことを公開しているマルセラが、仲間達と共に膨大な量の素材納入を始めてから、５日目。

遂に、納品窓口のオヤジが切れた。

「テメーら、いい加減にしやがれ！　角ウサギ《ホーンラビット》の価格が大暴落だっ!!」

「戦闘証明《コンバット・プルーフ》済みの作戦は、安心感がありますねぇ……」

その騒ぎを眺めつつ、飲食コーナーで果実水を飲みながらそう呟いたマイルに、うんうんと頷く、『赤き誓い』のメンバー達であった……。

＊　＊

今回、『ワンダースリー』は大量納入する獲物を角ウサギ《ホーンラビット》のみに絞っていた。

魔物ではない普通の動物……鹿とか猪とか……だと、乱獲すると個体数が激減してしまい、下手をすると数年間に亘りこのあたりでは獲れなくなってしまう可能性がある。

なので対象は魔物一択であったが、その中で、ギルドが一番早く音《ね》を上げそうなのが、角ウサギ《ホーンラビット》なのである。

10歳未満の準会員である子供達や、Ｆランクの駆け出しの連中が何とか食っていくための、最低限の命綱。

それが、比較的安全に狩れて、そこそこの値で買い取ってもらえ、そして自分達が食べる分も確保できる、角ウサギ《ホーンラビット》狩りなのであった。

その角ウサギ《ホーンラビット》の価格が大暴落すると……。

自分達が食べる分だけ狩る村の子供達や孤児達は、まあいい。多少個体数が減ったところで、角ウサギ《ホーンラビット》はどんどん増えるため、大した影響はない。

……しかし、買い取り価格の大暴落は、駆け出しハンターにとっては致命傷であった。

これがオークやオーガの暴落であれば、まだいい。

そのあたりを狩る連中なら、狙いを他の獲物に変えてもいいし、それくらいの実力があるパーティならば数カ月食っていくくらいの蓄えもある。

……しかし、角ウサギ《ホーンラビット》で生活を支えつつ経験を積み、上を目指そうとしている駆け出しの連中。

彼らには、致命傷である。こんな真似をされては、堪ったものではない。

買い取り担当である、納品窓口のオヤジが、そしてギルドマスターがキレるのも、当然であった。

そして、2階のギルドマスターの部屋へと連行された、『ワンダースリー』であるが……。

「どういうつもりだ、お前達……」

「いえ、どういうつもりも何も、私達はハンター登録したばかりの駆け出しFランクハンターですので、頑張って角ウサギ《ホーンラビット》狩りに努めているだけですわよ？」

「「「…………」」」

マルセラの返答に、黙り込むギルドマスターと、納品窓口のオヤジ、そして『ワンダースリー』のハンター登録を担当した受付嬢。

確かに、マルセラが言う通りである。

Fランクパーティが受ける依頼といえば、町の中での雑用と、薬草採取、そして角ウサギ《ホーンラビット》狩り。

それが、駆け出しハンターが受ける、3大依頼である。

その中のひとつである角ウサギ《ホーンラビット》狩りに邁進《まいしん》するのは当たり前のことであり、非難されたり疑問に思われたりするようなことではない。

特に、その３つの中では角ウサギ《ホーンラビット》狩りが一番実入りがいいため、森の中での行動と角ウサギ《ホーンラビット》狩りを安全にこなせるだけの実力を身に付けた者達は、もう雑用や下級ポーション用の薬草採取を受けることはない。

……稀少な薬草は、群生地が遠く危険な場所であったり、滅多に見つからなかったりと難度が高いため、また別の話であるが……。

とにかく、『ワンダースリー』が角ウサギ《ホーンラビット》を狩りまくるのは駆け出しFランクハンターとしてはごく当然の行為であり、呼び出しを受けたり非難されたりする謂《いわ》れはない。

……これっぽっちも、全く。

そう主張したマルセラであるが……。

「……物事、限度と常識というものがあるだろうがあぁぁっ!!」

怒鳴るギルドマスターと、こくこくと頷く納品窓口のオヤジ、そして受付嬢。

そして、マイルの提案に乗ったものの、やはり限度と常識を超えているよねぇ、と思っている、

（（あ、やっぱり……））

『ワンダースリー』であった……。

しかし、これはそれを承知で乗った、『作戦』なのである。

ここぞとばかりに、マルセラが攻めに入った。

「Fランクである私達には、これが一番効率的な稼ぎ方であり、功績ポイントを貯める方法なのですわ。安全かつ確実に角ウサギ《ホーンラビット》狩りができ、収納魔法のおかげで獲物を大量に持ち帰れる私達が、他の駆け出しの方々と同じように町の中での雑用や薬草採取で小銭を稼がねばならない理由はありませんわよね？」

「「「………」」」

勿論、ギルド側がハンターに対してそのような理不尽な命令を下すことはできないし、そもそものような権限はない。

そして、困り果てたギルドマスター達に対して、オリアーナが助け船を出した。

「そういえば、最近、とある港町で新人Fランクパーティが特例措置で3ランクの特別昇級を果たしたとかいう噂を聞いたことがありますが……」

何気なく呟かれたその言葉に、ギルドマスター達が心の中で悲鳴を上げた。

（（それが狙いかあああぁ～っっ!!））

……嵌《は》められた。

それを、誤解の余地なく理解した、ギルドマスター達。

確かに、ごく最近、ある港町でそういうことがあった。

その件は、『特昇事件』とか『あの件』とか言われており、話題になる時にはパーティ名は特に口にされなかったため、ギルドマスター達は一度書類で見ただけの当該パーティの名を覚えてはいなかった。

いくら珍しい3ランクの特別昇級を果たしたとはいえ、所詮はCランクである。

BランクやAランクのパーティをいくつか抱え、滅多に戻っては来ないが、一応この街が本拠地であるSランクハンターも所属している王都のギルドとしては、珍しくはあっても、お手盛りで無理矢理Cランクになっただけのパーティの名など興味がなかったし、その名が国中に轟《とどろ》くという程のことではなかった。

……しかし事件そのものは、この国のギルド関係者で知らぬ者はいないほど有名である。

自分が処罰される危険を冒して町とギルド、そしてハンター達のためにそれを決断したその町のギルドマスターは、褒め称えられて昇格したという。

……当たり前である。

町やギルド、そしてハンター達のために自分の不利益を顧みず行動した者を処罰すれば、以後、それに続く者がいなくなってしまう。

皆、自分ひとりではなく、妻子を養う身なのである。自分の身と立場は守りたい。

……しかし、そんなに簡単にひよっこ共の術中に陥《おちい》ってもいいものか。

「「「…………」」」

3ランク特昇など、そうそうあっては堪らない。

しかし、前例があるだけに、先駆者に較べるとハードルは遥かに低い。

それに、たとえこれを認めたとしても、この連中と同じ真似ができる新人がいるとは思えない。

……特に、馬鹿容量の収納魔法持ちが必要だという点において。

なので、悪《あ》しき前例となり、模倣者《もほうしゃ》が続出するという心配はない。

ただの、一回限りの単発事象として終わるのは、間違いないのである。

……だが、いいのか。

Fランクの年若き少女達を、2ランクか3ランクも飛び級させて、本当にいいのか。

それは将来性のある若者達を殺すことになるのではないか。

「「「…………」」」

苦渋の選択。

こんなことでそれを迫られることになるとは、思ってもいなかったギルドマスター達であった。

数十匹の角ウサギ《ホーンラビット》を倒せるハンターは、いくらでもいる。

……もし、それだけの角ウサギ《ホーンラビット》が自分達に向かってきてくれるなら。

普通、腕の良いハンターパーティに向かってくる角ウサギ《ホーンラビット》は少ない。

明らかに新米だと思ってからかってくる場合や、仲間を逃がすために突っ込んで来る場合とかを除いて。

角という攻撃手段を持っているが、基本的に角ウサギ《ホーンラビット》は草食で臆病、そして逃げ足が速く、隠れるのが上手い小型の魔獣なのである。そうそう大量に狩れるものではない。

そして、もし狩れたとしても、武器や防具、水や食料、そして万一の場合に備えた荷物を持ったハンターひとりが、何匹の角ウサギ《ホーンラビット》を狩り場から街まで持ち帰れるというのか……。

大量の角ウサギ《ホーンラビット》に反撃されても問題ないだけの戦闘力があり、万一の場合に備えてメンバーに治癒魔術師を入れ、そして獲物の持ち帰り用に大容量の収納魔法持ちを加える。

そんなパーティが、角ウサギ《ホーンラビット》狩りなどやるはずがない。

さっさとBランクになって、左団扇《ひだりうちわ》の生活をしているに決まっている。

……そしてそもそも、普通、馬鹿容量の収納魔法《そんなのう力》があれば、ハンターなどには絶対にならない。

大商家か貴族家、いや、王家にさえ召し抱えてもらえるはずである。

なのに、それでハンターになろうなどと考える馬鹿がもしいれば、大喜びで特別昇級させてやる……、と考えた時点で、ギルドマスターは己の敗北を悟った。

……そう。

馬鹿容量の収納魔法が使えて、たった3人の魔術師だけで毎日大量の角ウサギ《ホーンラビット》を狩れる。角や毛皮に殆ど傷を付けずに、綺麗な状態で……。

かなり練度の高い魔法が使えるであろうことは、ほぼ確実。

そして小娘3人で服や装備が身体に馴染むまで生き延びているという事実が、何よりも雄弁にそれを物語っている。

ならば、『大容量の収納魔法持ちがいるパーティ』として、特別昇級の適用には問題ない。

……問題なのは、Dランクにするか、それとも前例に倣《なら》ってCランクにするか、である。

Cランクにするには、3ランクの特昇である。

それは、あまりにも異常なことである。

それに対して、Dランクであれば、2ランクの特昇。

それも充分に異常なことではあるが、まあ、超大手柄を立てて実力を示した……Fランクハンターが単独パーティで竜種を倒した、とか……であれば、あり得なくはない。

Fランクとはいっても、新米ハンターの中には、職を追われた元近衛騎士とか、権力争いに敗れた元王宮魔術師とかがいないわけではないのである。

但し、同じ2ランク特昇ではあっても、FからDに、EからCに、というのはあっても、DからBに、とか、CからAに、とかいうのは、絶対にあり得ないが。

それこそ、国の滅亡を防ぐだとか、魔王を打ち倒して大陸全土を護るとかの功績を挙げでもしない限り……。

しかし、いくらFからCへとはいえ、3ランク特昇というのは、あまりにも大きな壁であった。

いくら前例があるとはいえ……。

だが、Dランクだと、一応普通の依頼は全て受けられるものの、Bランク以上と指定されているものは駄目であるし、ひとつ上であるCランクの依頼は受けられなくはないが、パーティ単独での受注には制限が掛かる場合がある。そして護衛依頼に雇ってくれる商人は、まずいない。

何かあった時……魔物の暴走《スタンピード》とか、大災害とか……に、物資輸送要員として召集するにも、Dランクだとあまり無茶な使い方はできない。

Dランクパーティに危険な場所への物資輸送を命じて、もし死なせたら。

将来有望な、大容量の収納魔法を使える美貌の少女……おそらく貴族の娘……を、一人前に育つ前に自分達の都合で使い潰し、死なせたギルド支部。

その悪評は、ハンターギルド王都支部として、そしてそこのギルドマスターとして、致命的であろう。

自分がその責任を取るのは当然のこととしても、妻や子供、そして両親までもが『あのギルドマスターの家族だ』として非難されるのは、耐え難い……。

しかし、Cランクであれば……。

Cランクであれば、『一人前の、中堅ハンター』である。

立派な一人前のハンターとして、王都を、そして人々を護るために立派に活躍し、散っていったと言える。


（……そんなの、ただの言い訳に過ぎん！

どうすれば……。

ああ！　あああああああっ!!）

別に王都に危機が訪れるとか、『ワンダースリー』が全滅するとか決まったわけでもないのに、思考が先へと進みすぎて、頭を抱えるギルドマスター。

自縄自縛《じじょうじばく》、というやつである。

そして……。

「……わ、分かった……。ギルド支部で会議にかける。数日、待ってくれ……」

さすがに、ひとりで決断するにはハードルが高すぎたようである。

＊　　＊

「……で、首尾はどうでしたか？」

クランハウスで、マルセラ達にギルドマスター達との話し合いの結果を尋ねるマイル。

「話の流れは、作戦通りでしたわ。後は、会議で決めるそうですの。

まあ、あの様子だと悪くともDランクは確実でしょうから、『赤き誓い』と合同で受注するならどの依頼でも問題ないと思いますわよ。つまり……」

「「「「「「計画通り」」」」」」

皆の声が揃った。

勿論、ミアマ・サトデイルの小説によく出てくる定型句だからである。

そしてここにいる全員が、ミアマ・サトデイルの正体を知っていた。

＊　＊

そして3日後。

ギルドマスターの部屋へと呼ばれた『ワンダースリー』は、顔色の悪いギルドマスターから特別昇級の告知を受けた。

「……お前達全員の個人ランクをCランクとし、ハンターパーティ『ワンダースリー』のパーティランクを、同じくCランクとする……」

構成員全員がCランクであれば、パーティランクはC以外にはあり得ない。

もしそれ以外のランクにしようものなら、大事《おおごと》になるであろう。

「……あの、お顔が悪い……、いえ、お顔の色が悪いようですが、お身体、大丈夫ですか？　治癒と回復魔法をお掛けしましょうか？」

「誰のせいだと思ってやがる！　そして、そこは絶対に言い間違えるな!!

……魔法は、頼む……」

マルセラの言葉に、もう全てを諦めたのか、素直に厚意を受けることにしたらしき、ギルドマスター。

マルセラも、自分達のせいだろうと察していたため、魔法のサービスを申し出たのであった。

ギルドマスターに過労や心労で倒れられたりすると、後味が悪いので……。

「……くそっ。もうひとつのパーティがCランクで、向こうにも収納魔法持ちがいると分かった時点で、どうして気付かなかったんだ……」

ギルドマスター、どうやら『ワンダースリー』と一緒に来たもうひとつのパーティが、アレであることに、ようやく気付いたようであった。

おそらく、ギルドでの会議で、列席者のうちの誰かが気付いたのであろう。

「……では、失礼いたしまして……、えいっ！」

ぱあああああっ!!

「なっ、無詠唱だと！　……あぁぁ、気持ちいい……。

肩が、腰が、胃の痛みが、溶けていく……」

恍惚の表情を浮かべ、至福のひとときを堪能《たんのう》する、ギルドマスター。

「あああ……。これは、俺だけがやってもらうのは、他の職員に申し訳ないな……。

出納係のアランや、解体部門のガルツとかも、歳で肩や腰、首筋とかがキツいと言っていたからなぁ……」

他の年配職員のことを気に掛けるとは、良き上司なのであろうか……。

「あ、その方達にもやってあげますわよ？」

「え？　い、いいのか？」

「ええ。別に町中《まちなか》で少々魔力が減ったところで、何も問題はありませんわ」

事実、その通りである。これから魔物の群れと戦うわけでなし、ひと晩眠れば完全に回復する。

そしてマルセラは、ギルド職員にごまをする、などということは全く考えていなかった。

歳を取り、身体のあちこちに不具合が出始めても、自分や家族、そして町の人達のために働き続けている、年配の人達。その人達に少しでも楽になってもらいたい。ただ、それだけである。

「……少し待っていてくれ！　すぐに、年寄り連中を呼んでくる！」


そしてほんの数分後、碌に説明もせずに連れてきたのか、わけが分からず戸惑った様子の年配の職員達がギルドマスターに連れてこられた。

「エリアヒ～～ルッッ！」

「「「「ほあああああァ～～……」」」」

何の説明もなく、詠唱省略で放たれた治癒・回復の範囲魔法。

魔法名を唱えたのは、無詠唱だと何が起きたのか分からなくて皆が混乱すると思ったマルセラの配慮である。

「肩が、肩のこりと痛みが……」

「腰が！　腰が楽に……」

そして蕩《とろ》けるような顔をしていた者達が、はっと我に返った。

「範囲魔法だと……。その若さで……」

「いや、問題は、そんなことじゃない！　怪我の治癒や体力の回復だけでなく、肩こりや腰痛がなくなって、スッキリしているぞ。こんなの、ヒールで治るもんじゃないだろう！」

そう、普通の治癒・回復魔法では、怪我は治っても、そういった慢性的なものは回復しない。

これは、治癒・回復魔法は万能ではなく、あくまでもナノマシンは魔法の使用者がイメージした通りの現象しか起こさないため、視覚的にはっきりとイメージできる外傷の治癒には効果的であっても、目に見えず、原因も分からず、イメージできないことに関しては殆ど効果がないためである。

そのため、魔術師の能力が低いと、外傷の外側だけが塞がり内部の傷は治っていないとか、血管や神経が完全に繋がっていないとか、細菌が入り込んで炎症を起こすとか細胞組織が壊死するとかの、残念なことになる場合がある。

その点、マイルから人体の仕組みやら細菌やらについて色々と教わっているレーナとポーリン、そして『ワンダースリー』は、そのような失敗をすることはない。

また、血行不良、神経の圧迫、筋肉の緊張、疲労物質の蓄積等、肩こりや腰痛の原因となりそうなことやその解消法も教えてあるため、それらを緩和する具体的なイメージを送り込むことができるのである。

……これは、他の魔術師達には、絶対にできないことである。

「こ、これは……、ふあああぁ～～……」

「た、堪《たま》らん、ほあああぁ……」

依頼を終えて完了届けを出した後なら、またやって差し上げますわ。

そう言われた年寄り連中は、涙を流しながらマルセラ達を拝んでいた。


そして、年配の職員達の様子がおかしいことにハンター達、特にかなりの歳になっても引退せずにハンター稼業を続けている超ベテラン達が気付くのに、そう大した日数は掛からなかった。

あれだけ長時間のデスクワークを辛そうにしていた、『同病相哀れむ』という体調不良仲間であった者達が、やけに調子が良さそうで、ニコニコと機嫌が良い。

その理由を問い詰めようとするのは、当然のことであろう。

そしてその結果、年配のハンター達もまた、マルセラの治癒・回復魔法のお世話になることとなったのである。

『ワンダースリー』と『赤き誓い』以外には、肩こりと腰痛が治せる医者も薬師も神官も魔術師もいないため、営業妨害だと怒鳴り込まれる心配はなかった。

マルセラはこの程度のことでお金を取るつもりはなかったのであるが、それでは良くない前例となり魔術師に無償で治癒を求める者が現れるからと言われ、少しだけ報酬を受け取ることにしたのであるが、それは明らかに『形だけの、サービス価格』であった。

……そしてその後、ギルドマスターを始め、年配のギルド職員や超ベテランハンター達に気に入られ、熱狂的なファン層を獲得したCランクハンターパーティ、『ワンダースリー』の活躍が始まるのであった……。

第百四十章　第三王女、大聖女になる

「飢饉《ききん》……、ですか？」

「そうだ。北側の、海に面した地域が不作……と言い張っているが、明らかに凶作だ」

夕食の席で、国王が家族達……王妃、ふたりの王子、そして3人の王女……に、そう告げた。

「隣国ティルス王国もオーブラム王国も、同じように北側の海に面した地域は凶作寄りの不作だ。

　特に東西に細長く海に面する部分が多いオーブラム王国は、半年前の魔物との戦いで農地が荒れたこともあり、かなり厳しいようだ。

　アルバーン帝国も、国土は広いが元々その大半が山地や荒れ地、それに同じく戦争や半年前の件からまだ回復しきっていない。

　マーレイン王国、トリスト王国にしても、凶作ではないが、不作であり、例年よりは収穫量が少ない。

　なので、支援はしてくれるが、そう大規模なものではない。

　他国への支援より、自国民を飢えさせないことの方が優先されるのは当然のことだ、文句は言えん。

いくらカネを積もうが、さすがに自国民を飢えさせてまで金儲けをしようとする王族も領主もいないであろうから、他国から購入というのも無理であろう。

それに、もし購入できたとしても、そんな状態での食料輸送商隊など、襲撃されまくって目的地へ到着できるものなどごく一部であろう。とても輸送を引き受ける者などいるまい」

ブランデル王国の国王は、夕食はなるべく家族と一緒に摂る主義であった。

そしてその時に、王妃や王子、王女達が国の状況、そして国際関係の現状を正しく把握し認識できるようにと、こういう話をするのであるが、今日の話題は些《いささ》か重いものであった。

「……死者が……、餓死者が出るのですか？」

王妃の問いに、国王は無念そうな顔で答えた。

「出る。我が国ではそれほど多くないであろうが、他国、……特にオーブラム王国では厳しいものとなるであろうな。

半年前にも周辺国の中で一番多くの被害を受けたというのに、気の毒なことだ。

まぁ、今はそれに乗じて侵略を、などという余裕のある国がないことだけは、救いであろうか。

……と、他人事のように言っておるが、我が国も餓死者が出るのはほぼ確実なのだ。

皆も、行動や発言には充分留意し、国民に『王族が贅沢をしている』などと思われるようなことのないようにな」

「「「「「はい……」」」」」

＊　　＊

飢饉。
……そして、餓死。
怪我や病気というわけではないのに。
健康なのに、食べ物がないために飢えて、死ぬ。
若者も、お年寄りも、……そして、子供も！
許せませんわ。
……何を？
この世の理不尽を。
許しませんわ。
……誰が？
この私、ブランデル王国第三王女、モレーナが!!
手紙を書いて、収納に入れてエストさんに。
『当方、周辺諸国で不作や凶作が発生しそうですの。そちらはいかがでしょうか？』

すぐに返事が来ましたわ。

『こちらは豊作です。そのため、作物の価格が下落して、日保ちしない葉物野菜とかは畑に放置されたり、潰して畑にすき込んだりと、農民の方達が辛そうなお顔を……。

たくさん収穫できれば良いというものでもないのですね。

いいえ、勿論、不作や凶作に較べれば１００万倍マシなのですけど……』

……よし！

女神様、私、モレーナはやります！

女神様から戴きました、この力を使って。

……多くの人々のために！

それが、女神様がこの力を私にお授《さず》けくださいました理由に違いありません。

私は、必ずやその御期待にお応えしてみせます!!

＊　＊

『えええええっ！　本気ですか、モレーナ様！

……って、本気ですわよねぇ……。

今まで、モレーナ様がお金と食べ物と人の命に関わることで、嘘や冗談を言われたことはございませんものねぇ……。

分かりました。このエストリーナ、モレーナ様に全てを懸けますわ！』

『上等です！　我ら第三王女コンビ、女神の試練に殴り込みですわよ！』

『はいっ!!』

＊　　＊

「……モレーナ、今、何と言った？　すまんが、もう一度言ってくれぬか？」

翌日の夕食の席で、国王は自分の耳を疑った。

「はい、お父様。私の個人資産を全て、金のインゴットと宝石、高価で稀少な物や芸術品、工芸品等に換えてくださいまし。遠い異国の地で、高値で売れそうなものに……。

そして私達がそれを食料に換えて、北部の領地へ、そしてオーブラム王国へバラ撒きます。

……高騰前の価格の、２割増しで！」

「そこは、無料ではなく、ちゃんとお金を取るのだな……」

「当たり前ですわよ。でないと私達が破産してしまいますわ。

ボランティア活動が全部無料だなどということはありませんわよ。世の中には、有償ボランティアと無償ボランティアがありましてよ。

『ボランティア』という言葉には、本来、無償などという意味はございませんわ。ボランティアと労働の違いは、報酬の有無ではなく、自発的な意思や強制性の有無にありますのよ。

遭難した方を捜索するため、二次遭難の危険を顧みず、仕事を休んで捜索隊に加わった方は、いくら報酬を受け取ろうが、それは立派なボランティアですわよね？

ボランティアはただ働き、などという勘違いをなさっている方もおられるようですけれど、そんなのは一部の無知な方達だけですわ。

もし今回私達が無償で食料を配布しますと、一文無しになった私達は、次の支援物資を購入することができず、もう二度とボランティアを行えなくなりますわよ。

そして人々は、次にまた飢饉があっても無料で食べ物が貰えるからと、何の準備も対策もせず、ただ安穏な日々を過ごすだけになりますわ！」

モレーナの熱弁に、目を白黒させる国王。

「本気なのだな。そして、頭がお花畑になっているわけではなく、しっかりとした勝算がある、と？

……謀略王女、そして世界の守護者のひとりと言われているお前が何かを成そうとしているのだ、只人《ただびと》である儂には、止める資格はあるまい……。

よし！　王家が全面的に支援する。やりたいようにやるがよい!!」

「ははっ、ありがたき幸せ！」

そして、モレーナと国王の会話について行けず、ぽかんとした顔の王妃と兄、弟、そして姉達であった。


「モレーナ、先程からずっと『私達』と言っておるが……、他に仲間がいるのか？」

国王からの問いに、モレーナはにっこりと微笑んで答えた。

「はい。遥か海の彼方の大陸に住む、私の妹分。

心優しき少女、エストリーナ王女ですわ」

「「「「「ええええええええ？」」」」」

色々と、理解の範囲を超えた情報が含まれたモレーナの言葉に、驚愕の叫び声を上げる家族達。

そして、何を聞こうが顔色ひとつ変えずにスルーする、プロ中のプロである給仕達が思わず食器で音を立ててしまったのは、彼らにとって一生の不覚であった……。

＊　　＊

『エストさん、準備は調《ととの》っておりますわよね？』

『はい。現在地、我が国の穀倉地帯。既に大量の農作物を集めさせており、倉庫は満杯、外にも山積みです。

　このような集積場所が周辺に何カ所もあり、私の移動に合わせて各地で同様に集積される予定です。

　更に、農作物の買い取りと支払いの実績を積めば、周辺国からも買い取りの申し込みが殺到するものと思われます。何しろ……』

『暴落前の価格の２割引で引き取る、という条件ですものね。そりゃ、穀倉地帯の領主が飛び付いてきますわよね。

　こちらも、現在位置は凶作地域の空っぽの倉庫の中ですわ。

　では、始めますわよ』

　収納魔法を介した手紙での遣り取りなので少し面倒ですが、常に収納の中を確認しておりますので、タイムラグは殆どありませんわ。

倉庫の中には、私の他に、私の護衛の兵士達、周辺の村の村長達、そしてここの領主とその家臣、及びその護衛達がおりますわ。

……事前にした説明を、誰も信じている様子はありませんわね。

いくら半年前の戦いで私が有名になったとはいえ、あれはただ、魔法で戦っただけです。別に、奇跡の力を示したというようなことはありません。

そして私がつい最近女神様から授けていただきました、この常識外れの収納魔法のことは、お父様とごく一部の方達にしか教えておりません。

……それを今、公開いたします。

狙われる？　利用される？

そんなこと、民草の命に較べれば、考慮するまでもない些細なことですわよ。

女神の御寵愛を受けし私に敵対する勇気がおありでしたら、いくらでも受けて立ちますわよ。

……時間です。

収納魔法を開き、中にある荷を取り出します。

見物人達は、無言です。

収納から物を取り出すのは、珍しくはありますが、それなりの立場の者であれば何度も目にしているでしょうし、別に驚くようなことではありません。

まぁ、王女である私が収納魔法を使えることを隠していたこと、そしてそれを今公開したことには驚いているでしょうけど……。


収納の中のものを取り出します。

取り出します。取り出します。取り出します。取り出します。取り出します。取り出します。

取り出します。取り出します。取り出します。取り出します。取り出します。取り出します。

取り出します。取り出します。取り出します。取り出します。取り出します。取り出します。

取り出します。取り出します。取り出します。取り出します。取り出します。取り出します。

取り出します。取り出します。取り出します。取り出します。取り出します。取り出します。

取り出します。取り出します。取り出します。取り出します。取り出します。取り出します。

取り出します。取り出します。取り出します。取り出します。取り出します。取り出します。


倉庫の中は、咳払いひとつない静寂が続いています。

そして……。

「うおおおおお！　奇跡じゃ、女神様の奇跡じゃ!!

何をしておる！　御使い様の足元が埋まって、次の荷が取り出しにくくて困っておられるじゃろうが！　荷を動かして奥から並べるのじゃ、御使い様のお手伝いをするのじゃ！

急げぇ!!」

村長のひとりがそう叫び、他の者達も慌てて荷を運び始めてくれました。

……助かります。

護衛達や領主、家臣の人達は……、あんぐりと口をあけて、固まっておりますわね。

まあ、そっちは気にせず、放置でいいでしょう。

私は、自分が成すべきことを……。

向こうでは、エストさんが開けっ放しの収納に次々と荷を取り込んでおられます。

私はそれと同じ速さで、次々と取り出します。


取り出します。取り出します。取り出します。取り出します。取り出します。取り出します。

取り出します。取り出します。取り出します。取り出します。取り出します。取り出します。

取り出します。取り出します。取り出します。取り出します。取り出します。取り出します。

取り出します。取り出します。取り出します。取り出します。取り出します。取り出します。

取り出します。取り出します。取り出します。取り出します。取り出します。取り出します。

取り出します。取り出します。取り出します。取り出します。取り出します。取り出します。

取り出します。取り出します。取り出します。取り出します。取り出します。取り出します。

「ああ！　あああ！　ああああああああああ!!」

「おおお、女神よ！　おおおおおお!!」

何だか、後ろの方から、感極まったかのような声が聞こえます。

領主と家臣、そして護衛の皆さんですわね。

別に、食料が無限に湧き出すというわけではありませんわよ。

仕入れには経費がかかっているのです、ちゃんと後で代金は払っていただきますわよ。

無料《ただ》ではないのです、無料では！

それに、困ったら女神様から無料で食べ物が貰える、などと思わせると、皆が楽観し、危機感や勤労意欲というものがなくなってしまいます。それは大変いけないことですわよね。

それは防がねばなりませんわよ、ええ。

あ、家臣の皆さん、お暇《ひま》なら、私の足元の荷を運ぶのを手伝っていただきたいのですが……。

そう思っていたら、私の視線にお気付きになったのか、護衛も家臣達も、そして領主自らもが、上着を脱ぎ捨てて荷運びを手伝い始めてくれました。

よし、これで作業が捗《はかど》ります。

エストさんは積んである荷を取り込むだけですから、荷運びの必要がないので速く……、って、馬鹿ですか、私！

私も、荷を取り出しながら自分が移動すれば良いのですよ！　間抜けですわ、恥さらしですわ！

＊　＊

あれから、皆さんに丁重に扱っていただき、次の備蓄倉庫（空っぽ）があるところへと移動しました。向こうでは、エストさんが次の倉庫（満杯）へと移動されておりますわ。

そして、それから不作が酷い沿岸地域を回り、その後、大変な状況である隣国、オーブラム王国へと向かいますわ。

エストさんに向こうで穀物を買い占めるための資金を渡すために、私の資産全てに加え、更に借金をして金のインゴットや宝石、その他向こうで高く売れるものを買い集めて、収納経由で送りましたわ。

お父様も、国庫と個人資産の両方から出資してくださいました。

それら全てを使ってエストさんが買い集めてくださいました、向こうの大陸での余剰食料。

片や、凶作のためいくら払おうが入手不能。

片や、豊作のため価格が暴落。

その双方を、共用の収納魔法をトンネルとして繋ぐ。

女神に与えられた、この奇跡の力の応用による裏技により、多くの民草を救う。

きっと、女神にもお褒めいただけるはずですわ！

＊　　＊

我が国の沿岸地域を回り、現在、オーブラム王国を回っております。

驚きましたことに、私の活動に感化されまして、この国と長い国境線で接しております南方の隣国、マーレイン王国とトリスト王国からの食料支援が行われ始めたそうですの。

その両国も、凶作ではないものの、それなりに不作であり、そんなに余裕はないはずですのに。

何でも、『自分達の食事量を3分の2にすれば、支援に回す分が何とか捻出できる』とのことで、全国民が一丸となって支援に努めているそうですわ。

……皆さん、馬鹿ですわね。

でも、私、そういうお馬鹿さんは、嫌いではありませんわ。

あ、勿論、それらの支援も無償ではなく、後払いだそうです。

そりゃそうですわよね、支援物資を集めるのにも輸送するにも、お金がかかっているのですから。

そして将来、逆に自国が凶作になるということもありますから、その時の相手国政府の良識に期待するのではなく、ちゃんとお金の形で支払っておいていただかないと。

そして何より、隣国からの支援物資が無料などということになれば、有料である私達の立場がなくなりますからね。

良かったですわ。何とか、セーフですわ……。

＊　＊

モレーナ様から、とんでもないお話が来ました……。

モレーナ様の国とその周辺国では、不作……というよりは『凶作』に近い状況とかで、このままでは餓死者が出そうとのことなのです。

それに対して、我が国とその周辺国では、逆に豊作過ぎて困っているという状況……。

価格が暴落して、収穫作業と選別、出荷、そして護衛付きで大きな町へと輸送するとなりますと、……元が取れなくなるのです。

出荷すればするほど、赤字に。

いくら働いても、必要経費の方が高くつきます。

なので農家の方達は、涙を流しながら作物を潰し、畑にすき込んで、少しでも次の収穫に役立つようにと肥料代わりにしているとか……。

これでは、飢えることはないものの、収入がなくて肉を買うこともできません。

そして問題は、来年です。

来年、農民の皆さんは、少しでも収穫量を増やそうと、農作業に精を出されるでしょうか？

頑張って収穫量を増やす意味などないとお考えにはならないでしょうか？

そして、作付面積を減らすとか……。

しかし、今年の豊作は、作物の生育に重要な時期の天候や気温、その他諸々の条件のおかげなのです。

……もし、来年が天候不順で不作の年であったら？

更に酷い、凶作の年であったなら？

今のモレーナ様の国より、もっと酷いことになってしまいます！　大勢の国民が、死ぬことに……。

これは、天佑《てんゆう》ですわ！

このお話は、モレーナ様の国を助けるためのものではなく、この国を救うための、神助《しんじょ》なのですわ！

モレーナ様からの、このお話。

私の全てを懸けて、全力で乗っかりますわ!!

＊　＊

収納魔法を使ってモレーナ様から送られてきました、金のインゴット、宝石、美術品。

それらを売り払い、手に入れた大量の金貨。

そのお金で、国内や周辺諸国でだぶついた作物を買いまくりました。

……暴落前の価格の、2割引で。

もっと買い叩くこともできましたけど、あくまでも目的は『人々の救済』なのです。こちらの大陸でも、そしてモレーナ様の大陸においても……。

ですから、利益はこれくらいで充分です。

皆さんは、それでも私が私財を注ぎ込んで大損をしているとお考えのようですけど、私はそんな甘ちゃんではございません。

……嘘ですわ。

本当は、暴落前の価格で買い取ろうとしたのですが、モレーナ様から『それでは、エストさんの儲けが出ませんわよ！　慈善事業じゃないのですよ‼』と叱られたのです。

いいえ、私、慈善事業だと思っていましたわよ！　そうじゃなかったのですか‼


とにかく、私は暴落前の2割引の価格で買い集めた作物を通常価格でモレーナ様に売り、モレーナ様はそれを2割増しで各地の領主にお売りになります。

直接民衆に売るなどという面倒は御免ですし、それだとお金を取りづらいですから、領主に纏めて売って、しっかりとお金……もしくは金のインゴットや宝石、証文等……を戴く、と言われておりました。

……さすが、しっかりしておられますわ！　私も、見習わなければ……。

そういうわけで、お父様にお願いして、国中に告知していただきました。

『作物を全て、暴落前の価格の2割引で買い取る。穀物、芋類、葉物野菜、その他全てを対象とする。

国内のものは、数量無制限。国外のものは、事前に調整し契約したもののみとする。

これは第三王女エストリーナが主宰する慈善事業である。

我が国と、遠い異国の地の民を救うため、物資の輸送と集積に関して皆の協力を期待する』

人件費をゼロにしようという魂胆が丸見えの告知文ですわ。

……さすが国王陛下、さすがお父様です。見習わなければ……。

この計画をお父様にお伝えしました時、信じてもらえないかも、という心配はありませんでした。

何しろ、私がモレーナ様と共に女神様から収納魔法を授かったということは、お父様を含むごく一部の人達には教えてありますし、……私の私室にうずたかく積み上げられました金塊、宝石、美術品、稀少な素材、その他諸々を御覧になりましたからね。

ええ、勿論、モレーナ様の支払いは、物納、先払いですわ。

そして、それらを担保として国費を無利子で借り、国中の余剰作物を各地の倉庫に集積させ、私の回収の旅が始まりました。

……それが後に、『エストリーナ王女の、奇跡の旅』とか言われて、吟遊詩人の詩《うた》や芝居になったり、宗教書に記載されたりするなんて、思ってもいませんでしたわよ、ええ！

まあ、とにかく、国中を廻って集積された物資を全て収納魔法でモレーナ様に送り、領主への代金支払いは証文を渡しました。

この国の王女が渡す、印璽《いんじ》が押された証文です。これが不渡りになるのは、国が潰れた時くらいですから、信用度に問題はありません。

長旅であちこち廻るのに、大量の金貨なんか持ち運べませんわよ……。

とにかく、旅をして物資集積倉庫に着き、領主に証文を渡して全ての物資を収納へと取り込みます。

勿論、事前にモレーナ様と調整して、向こうでの取り出し準備が調ってからの開始です。でないと、すぐに収納の中がギュウ詰めになって入らなくなってしまいます。

そして倉庫がカラになり、集まっていた近隣の町村の代表者達に向かって、領主様が証文を頭上に大きく掲げてそこに記載されている金額を読み上げます。

そして轟く、歓喜の叫び。

まあ、嬉しいでしょうねぇ。

そして私は、歓迎と感謝の宴会に招かれて、覚えきれないほど大勢の人達に挨拶責め、握手責めにされまして、翌朝、次の集積地へと向かうのです。

聖女様〜、とかいう不穏な叫び声を背にして……。

そんなものを詐称すれば、神殿勢力が怒鳴り込んできますわよ！

……まぁ、目の前で倉庫一杯の作物が消えて、代わりに領主の手に大金の証文が現れれば、そう勘違いするのも無理はありませんか……。

私も、そんなものを見せられれば、聖女様だと思いますものねぇ。


物資収納の旅を始めてから20日くらい経つと、告知の内容を信じていなかった周辺諸国からの買い取り契約締結の申し入れが殺到し始めました。

勿論、それらの窓口は王宮の方にお願いしてあり、外務大臣や財務大臣が仕切ってくれています。

私はただ、国内を廻り終えた後、早馬で届く指示に従って他国を移動するだけです。

勿論、それぞれの国の者が先導してくれますし、護衛の兵士達もついてくれています。

……300人くらい。

国王陛下の巡幸ですかっ！

いえ、いくら王女とはいえ、他国の、それも第三王女ですよ？

王位継承順位なんか、ずっと下、8番目なんですよ。兄と弟が合わせて5人、姉がふたりいますからね。妹もひとりいますけど……。

とにかく、婚姻外交の駒としての価値しかなく、誘拐されても損切りされるだけなので、政治的にも金銭的にも、襲われる理由がないのですよ、私。

なのに、どうしてこんなに護衛の兵士が多いのですか……。

あ！　私に何かあると、農作物を買ってもらえなくなるからですか！

なる程、そこまで農作物を買って欲しいと……。

って、何か道端にいる人達が私の方を見て拝んでいるのはなぜでしょうか？

え？　大聖女様？

大聖女様が来られるのですか？

大変です、道を空けないと！

皆さん、大聖女様の前方を塞いではなりません！　道から外れて、道を空けてくださいぃ～!!

＊　　＊

……私のことでしたわ。

まあ、倉庫に満杯の農作物を全部収納して、代わりに国が発行した支払い保証の証文を渡して去っていく者がいたら、私も思いますよね。

最低でも、大聖女か女神の愛し子様。下手をすると、御使い様か女神様御本人かも、って……。

その中では、大聖女というのは、まだマシな方でした。かろうじて、『人間側』の範疇《はんちゅう》です。

それ以上になりますと、『女神側《むこう》』になってしまいます……。

そうなるともう、人間扱いされなくなって、人間としての普通の幸せから遠ざかってしまいますよっ!!

神殿に閉じ込められて、腫《は》れ物《もの》に触れるかのように扱われて……。

な、何とか、『愛し子様』とか『御使い様』とか呼ばれるのだけは、断固阻止ですよっ！

これは、モレーナ様に御相談しなければ……。

＊
＊

長い道のりでしたわ。

我が国の沿岸地域を回り、その後、オーブラム王国を回りましたわ。

エストさんとのタイミングもありますので、向こうの移動や物資集積のための時間待ちとかで、かなりの日数が掛かりました……。

でも、人々を救うためでしたので、私もエストさんも頑張りましたわ。

そしてエストさん、穀倉地帯の農民や領主の間で大人気らしいですわ。御自分のお国だけでなく、周辺諸国からも……。

もう、殆ど『崇《あが》められている』と言えるくらいらしいですわね。

だぶついた大量の穀物の買い取り。

価格が暴落した穀物を買い叩くことなく、平常価格の2割引という良心的価格での購入。

そして、飢饉に苦しむ遠方の国の人々を救うためという、高尚な目的。

更に、その行為に感心なされた女神により与えられた、物質転送魔法……ということになっております、特殊な収納魔法。

いえ、最後のやつだけで、崇められるには充分ですわね。

エストさん、既に大聖女扱いされているらしいですわ。


「……ここに、モレーナ王女を大聖女と認めるものとする！」

大歓声が湧き上がっておりますわ。

現実逃避も、ここまでですわね。

ええ、見ての通り、私、大聖女に認定されてしまいましたの……。

平常時の僅か2割増しという、破格の価格での大量の食料供給。

……そして事情をあまり知らない一般の方達には、仕入れ値はもっと高いと思われていますわ。

なので、私は大損をしていると……。

高貴な身分でありながら、危険な長旅により民のために身を粉にして働き、国を問わず多くの命を救ったこと。

……そして、そのために女神から与えられた、遥か遠方の地から物資を運ぶという、驚天動地の奇跡の力。

そりゃあ、大聖女くらい認定されてしまいますわよねぇ……。

よく考えれば、こんなの、御使い様か女神様御自身で行われるような奇跡じゃありませんの……。

とても、人間業《わざ》ではありませんわ。

……もしかして、私、やらかしましたの？

私達、私財をはたくどころか、大儲けしてしまいましたわ。

凶作になった国々も、作物がとれなかっただけであり、それ以外のもの、鉱業や林業、商業等が駄目だったわけではありませんし、蓄えた金貨や宝石が消えてしまったわけではありませんから、領主邸の金庫や国庫から、代金はすぐに支払われました。一部は、金貨ではなく宝石や証文とかでしたけど……。

そのため、一時的に立て替えた形であった私やお父様の個人資産、そして国庫からの借り受け金は、すぐに元通りに、そしてそれ以上に膨れあがりましたわ。

それに、エストさんの方も、私が送りましたものを穀物購入のために換金されました際に、購入のための資金以外の、御自分用の換金もされておりますから、かなりの稼ぎになったはずですわ。

人助けになり、多くの人達に感謝され喜ばれ、そして莫大な利益に。

商売、楽しすぎますわ！

「……というわけで、女神が大聖女をお遣わしくださった我が国の、これからの輝かしき未来を……」

ああ、勝手に、どんどん話が進んでおりますわ！

半年前に、アデル……、マイル様を取り戻して我が国が独占するという野望が果たせなかったため、今回私を担ぎ上げて国威の高揚を図ると共に、女神の御寵愛繋がりで私とマイル様との交流を、そしてそれを足掛かりとして再度マイル様の引き抜きを画策するつもりなのでしょうねぇ……。

まあ、それは私も異存ありませんけれど……。

お兄様とヴィンス、どちらかにマイル様を、そして残った方にマルセラちゃんを、という私の計画に適《かな》うことですからね……。

そう、私はまだ、諦めたわけではありません……。

＊　＊

「くしゅん！」

「ぶあぁ〜〜っくしょい!!」

マルセラとマイルが、立て続けにくしゃみをした。

したのであるが……。

「……マイルさん、あの、もう少しその、慎みを持って……」

「出物腫れ物所嫌わず、ですよ！」

そしてマルセラさん、女の子に幻想持ちすぎですよ！　たわばさんじゃあるまいし……」

「誰ですか、その人っ！　そして幻想も何も、私自身が『女の子』ですわよっ！」

「手鼻をかむわけじゃないですから、派手にくしゃみをするくらい……」

「駄目ですわよ！　マイルさん、あなたはそもそも、乙女の尊厳というものをいったいどう考えておられますの！」

「あ〜、またマルセラの、マイルに対する『淑女教育』が始まったわ……」

「まぁ、マイルは伯爵様兼侯爵様だからねぇ。さすがに、少しはそのあたりのことも……」

「それ以前に、マイルちゃんは御使い様であり、女神の愛し子ですからねぇ。あまり下品なことをすると、神殿から苦情が来ますよ。

まぁ、この大陸ではその心配はありませんけど、そのうち向こうに戻りますからねぇ……」

そしてレーナ、メーヴィス、ポーリンの言葉に、苦笑するモニカとオリアーナであった。

書き下ろし　リートリアの苦難

「お父様、お客様はお帰りになりましたか？」

「ああ、先程、ようやくな……。」

だが、諦めたわけではなさそうだ。侯爵家ということで、リートリアは自分のところに嫁に来るのが当然、という態度だったからな……」

侯爵家の息子が来ていたわけではない。

何と、下級貴族に過ぎないオーラ男爵家に、侯爵本人がわざわざ足を運んできたのである。

……勿論、強烈な圧力《プレッシャー》をかけるために……。

『嫁』とはいっても、別に侯爵が自分の後妻に、とかいうわけではない。

『嫁』というのは自分の息子の妻のことであり、リートリアを跡取り息子の妻に、ということである。

弱小男爵家の三女が、侯爵家に嫁入り。それは、とんでもない玉の輿《こし》である。

家格的に、王家やその一族である公爵家に嫁ぐことはできない。

なので、規則的に問題がないギリギリの上限が侯爵家なのであるが、それも、普通は三男以下が対象であり、跡継ぎである長男と、長男に万一のことがあれば爵位を継ぐことになるスペアの次男は、そのような下級貴族家の者を迎えることはない。

……なのに、なぜそこまで強引にリートリアを求めるのか。

そう。全ては、ナノマシン達のせいであった。

あの、アルバーン帝国における、対異世界侵略者絶対防衛戦。

あの時ナノマシン達は、マイルの知人であり、映像的に映える者達を重点的に選び、大陸全土の大空に映し出した。『赤き誓い』、『ワンダースリー』、マレエットちゃん、モレーナ第三王女、……そして『女神のしもべ』。

それにより、『女神のしもべ』の一員であるリートリアのことが、大陸全土に知れ渡った。

……知れ渡ってしまったのである。

清楚《せいそ》で可愛い、まだ未成年である貴族の少女。

か弱そうな身で、世界を護るために戦いの最前線に身を置く、その健気《けなげ》な勇気。

そして軽々と振り回されて魔物を蹴散らす、全金属製の巨大な金砕棒《かなさいぼう》。

全方位に連続して撃ちまくる、強力な攻撃魔法。

……誰がどう見ても、救国の戦女神《いくさめがみ》であった。

そして、男爵家とはいえ、代々続いた貴族家の娘である。ちょっと手柄を立てただけの平民とはわけが違う。

……自国に欲しい。

自領に欲しい。

そして、その血を一族に取り入れたい。

大陸中の貴族が、そして王族が、そう考えたであろう。

……そう。公爵家どころか、王家までがそう考え、何とか男爵家の三女を手に入れることができないかと、色々と画策を始めたのである。

家格の問題など、どこかの伯爵家か侯爵家の養女にしてから婚約すれば済む。

そのようなことを考えて……。

また、国王は、オーラ男爵家を子爵へと陞爵《しょうしゃく》させた。機を見てもう一度陞爵させ、オーラ家が伯爵になれば、王子と婚約させるためにどこかの高位貴族の養女にするとかいう手間も必要なくなり、無関係の貴族に養父面で余計な口出しをされる心配もなくなる。

そういうわけで、リートリアに国内外からの婚約や養女の申し込み、面会の要望やお茶会、パーティー等の招待が殺到しているのである。

とてもそれら全てに対応することはできず、かといって一部のものだけに対応すると、その者が『婚約を承諾された』などと勘違いしたり、意図的にそういう話を広めて既成事実化しようとしたりする危険があるため、一律、全ての申し込みをお断りしている状況なのであるが、本日来た侯爵のように、お断りしたにも拘わらずアポなしでいきなり訪問する者が後を絶たないのであった。

当初は、遥かに格上の貴族の訪問である場合、接待にリートリアも同席させていた。

……しかし、すぐにそれが愚行であると判明し、リートリアは客が帰るまで屋根裏部屋に作られた退避場所に隠れることとなったのである。

「困りました……。ハンター活動どころか、邸から一歩も出られません……」

そう。『女神のしもべ』のみんなと食事をしている時も、町を歩いている時も、婚約を迫る貴族家の者達に付きまとわれ、遂にハンターギルドの中にいる時や依頼の遂行中にも絡まれるようになってしまい、到底ハンター活動ができるような状況ではなくなってしまったのである。

そのため、テリュシア達に迷惑を掛けるわけにはいかないと、一時的に『女神のしもべ』から離れ、自宅に籠もっているのである。

そのこと自体は、娘がハンター稼業という危険な仕事から遠ざかったとして、オーラ男爵としてはありがたくないわけではないが、しかし、まだ娘に結婚どころか婚約すらさせたくない親馬鹿な父親としては、現状を喜ぶことはできなかった。

……いくらそれが、上位貴族からの良縁であったとしても……。

「リートリアを他国に嫁がせることなど、絶対に認めん！

……まあ、そんなことは王宮が許すはずがないがな……」

当たり前である。国の宝である戦女神を他国にくれてやり、その国に戦女神の血を引く子孫が生まれ広がることを良しとする貴族や王族がいるはずがない。

「いっそのこと、この国の王族と婚約させるか？　そうすれば、他の者達は手出しできなくなり、嫁入りまでは我が家で平穏な暮らしができるぞ。

リートリアを嫁になど出したくはないが、いつかは来ることであれば、その日まで一緒に心安らかに暮らすために……」

（マズいです！）

リートリアは焦った。

王族の婚約者《そんなもの》になったりすれば、もう二度とハンターとしての活動をすることはできなくなる。

「もし王子様と婚約とかいうことになると、即日、王宮に召されて王子妃教育が始まりますよ。

そうなると、お父様に会えるのは年に数回、あるかないか。

それも、大勢がいるところで、形式的な挨拶をする程度に……」

「王子達との婚約はないな！」

男爵、チョロかった。

「しかし、それならば、いったいどうすれば……」

「そうですねえ……、あ！」

リートリア、何やら名案が浮かんだようである。

「お父様、私、少し旅に出てまいりますわ！」

「えええええええっ!!」

＊　＊　＊

「……で、私達に旅の間の護衛として指名依頼を出したい、と……」

「はい、そういうわけです！」

リートリアが戻ってきたと思ったら、『女神のしもべ』の一員としてではなく、『オーラ男爵家の娘』として『女神のしもべ』に指名依頼を出したいと言われ、面食らっていたテリュシア達であるが、リートリアからの説明に、納得した。

メンバーのひとりとしてそのようなことを要求することはできないので、『女神のしもべ』の一員としてではなく、オーラ男爵家の娘として正式に護衛依頼を出す。

……何もおかしなことのない、ごく常識的な判断であった。

「求婚者達からの攻撃を防ぐため、盾を手に入れる、ってわけか……。よし、乗った！　私達も、その『盾』に守ってもらおう！」

「「「おおっ!!」」」

「……え？」

＊　＊

「……というわけで、遥々《はるばる》ここまでやってきました。

お願いです、マイルさん！　私達を、マイルさんのしもべにしてください!!」

「えええええええっ!!」

アポなし訪問であったにも拘わらず、なぜかすんなりとマイル001のところへと通された、『女神のしもべ』一行。

例の空中投影の映像のため、彼女達の顔に見覚えがあったのか、それとも誰何《すいか》してきた神官に『私達は「女神のしもべ」です。マイルさんに会いに来ました』と言ったことが功を奏したのか……。

普通、マイルのことを『御使い様』ではなく『マイルさん』などと呼ぶのは個人的な知り合いだけであるし、まさか『女神のしもべ』というのがパーティ名だとは思わず、その通りの存在だと勘違いした可能性もある。

……とにかく、問題なく会えたというわけであった。

そして、いきなりやってきた『女神のしもべ』一行にそうお願いされて、困惑するマイル001《ナノマシン》。

しかし、『おのれ偽物！』、『マイルさんをどこへやった!!』とかいっていきなり斬り掛かられるようなことはなかったため、安堵の表情である。

……わざわざそのように表情筋を操作してまで……。

以前、『ワンダースリー』とマレエットちゃんに、連続で一瞬のうちに偽物だと見破られたため、超警戒していたマイル００１であるが、さすがにマイルとの接触時間が僅かであるリートリアや、その他の『女神のしもべ』のメンバー達には見破られることはなかったようである。

「う〜ん、『求婚者達が鬱陶《うっとう》しくてまともな生活ができないから、御使い様から使命を受けて行動しているということにしてほしい』、ということですか……」

「はい。神殿から離れられないマイルさんの代わりに、普通にハンターとしての活動をしつつ見聞を広め、市井《しせい》の様子をお伝えする。そういうお役目を御使い様から与えられているとなると、それを邪魔したり、婚約や結婚を強要したりすることはできませんよね？　それは神意に叛《そむ》く行為であり、下手をすると、神敵扱いされますから……」

「確かに……」

リートリアの説明に、納得するマイル００１。

「マレエットちゃんと同じような発想ですね。考えることは皆同じ、というわけですか……」

リートリア達、『女神のしもべ』のみんなが困っていることの原因は、ナノマシン達のせいである。

なので、『魔法行使や上位者から直接命令されたこと以外のナノマシンの行動によって、原住生物に被害や不利益を与えることの禁止』という禁則事項に抵触することを回避するためには、マイル001には他の選択肢はなかった。

「……承認！」

話を聞いた神官達は、それで御使い様が喜び満足してくれるならと、それを快諾。

仲間であったレーナ達が全員出奔《しゅっぽん》してしまった今、いつ御使い様がそれに続こうとされるか、戦々恐々《せんせんきょうきょう》だったのである。

なので、この程度のことで機嫌が取れるならと、大歓迎であった。

そして神官長の名で正式な依頼文書を作り、そう大きな額ではないが、依頼料も支払われることとなった。

パーティ名が『女神のしもべ』であったことも、神官達に好印象を与えたようであった。

元々からの、敬虔《けいけん》なる信徒であったと思われて……。

＊　＊

「やりました！　マイルさんから任務付与の書状を戴きましたし、神官長からの正式な依頼書も貰えました。これで、集《たか》ってくる羽虫《はむし》を追い払えます！」

依頼書とはいっても、ハンターギルドを介してのものではなく、直接の依頼である。

しかし、別にハンターがギルドを通さずに依頼者から直接受ける、『自由依頼』というわけではない。

これはハンターとして受けた依頼ではなく、敬虔なる女神のしもべ達が、御使い様の願いにより神殿から正式に受けたものであり、神託《しんたく》に準じるものである。

それも、ただの平民が勝手にそう主張しているのではなく、御使い様からの書状と、神官長からの正式な依頼書付きである。

……錦《にしき》の御旗《みはた》を手に入れた。

無敵であった。

「よし、『女神のしもべ』、全力全開で、活動再開よ！」

「「「「おおおおお〜っ!!」」」」

こうして、集《たか》る求婚者達《はむし》を振り払い、ハンターとしての活動を再開したリートリアであった……。

あとがき

皆様、お久し振りです、ＦＵＮＡです。

のうきん、19巻です。次巻は、いよいよ20巻ですよっ！

『のうきん』、『ろうきん』、『ポーション』と、3作品を書いて、その全てが書籍化、コミカライズ、そしてアニメ化され、……その全てのＴＶ放送が終わりました。

……もう、真っ白に燃え尽き……、るかあああぁっ!!

まだ、枯れるような歳じゃない！

アニメのＴＶ放送は終わっても、再放送、ネット配信、ブルーレイがあるし、……そしてアニメ2期の可能性も、ゼロじゃない!!

一区切りついて、心機一転、頑張りまっしょい！

小説とコミックスでも、マイル達やミツハ達、カオル達と一緒に、まだまだ冒険にお付き合いしていただきますよっ！

『赤き誓い』、遂に王都へ進撃！

旧友たちとの再会と、新たな拠点の確保。

……クランの拠点と、『管理者』としての拠点の、両方。

暗躍する『ワンダースリー』と、第三王女《エスト・モレーナ》コンビ！

旧大陸では、残されたみんなが色々と頑張っているようで……。

そして次巻、20巻では、『赤き誓い』と『ワンダースリー』の、王都での本格的な活動が始まる……。


ポーリンとレーナ、『ワンダースリー』の３人と張り合う？

マイル「何だか、『混ぜるな危険』という言葉が頭に浮かびました……」
メーヴィス「奇遇だねぇ。実は、私もだよ……」
レーナ・ポーリン「「うるさいわっ!!」」

そしてレーナに料理を作らせるな!!

エターナルフォースブリザード。

相手は死ぬ。

……せかいがはめつする……。

マイルと愉快な仲間達、果たしてこれからどうなることやら……。

ポーリンとレーナの、収納魔法の特訓の成果が出ますように……。

なむなむ。


マルセラ「あの、レーナさん達にも、私達のように魔法の真髄を教えるとか、女神様にお願いして
　アイテムボックスが使えるようにして差し上げるとかいうわけには参りませんの？」

マイル「レーナさんとポーリンさんは、私のためにハンターになったわけじゃありませんからね。

　私のために苦労をお掛けしている、『ワンダースリー』の皆さんとは違いますよ。

　それに、レーナさんとポーリンさんには、御自分の力で会得して欲しいのですよ。

　普通の収納魔法の使い方は、私がきちんとコーチしていますし……」

マルセラ「なる程……。それに、魔術師ではないメーヴィスさんが御自分で会得されたのですから、
　魔術師としての意地というものがあるでしょうからねぇ……」


しかし、レーナとポーリンは、ただマルセラ達がズルをしていることを知らないだけである。

もしそれを知れば、絶対に自分にも寄越せと要求するに決まっている。

……結局、マイルを除く6人の中で一番魔法のセンスがあるのはメーヴィスであろう。

何という、女神の悪戯であろうか……。

小説、コミックス、そしてアニメと、『12～13歳に見えるちっぱい少女3部作』、引き続き、よろしくお願いいいたします！

最後に、イラストレーターの亜方逸樹様、装丁デザインの山上陽一様、担当編集様、校正校閲・組版・印刷・製本・流通・書店等の皆様、そして、本作品を手に取ってくださいました読者の皆様に、心から感謝いたします。

では、また、次巻でお会いできることを信じて……。

FUNA

あとがき的な
なにか

せっかくなので
第三王女…もとい大聖女2人にも
なかよく裸のお付き合いみたいな…

少女たちの大冒険!!
日本の女子高生・海里《みさと》が、異世界の子爵家長女(10歳)に転生!?
出来が良過ぎたために不自由だった海里は、
今度こそ平凡な人生を望むのだが……神様の手抜き(?)で、
魔力も力も人の6800倍という超人になってしまう!
ごく普通の人生を目指して、マイル《海里》の大活躍が始まる!